後宮の月は、南天に舞う

臥《が》龍《りょう》城の奸臣

柏 てん

PHP
文芸文庫

○本表紙デザイン＋ロゴ＝川上成夫

目次

主要登場人物

先帝……好色で、国中から美女を集めたため、猴帝《こうてい》との蔑称がある。

浩《こう》……先帝の第八皇子。江南王《こうなんおう》。先帝を殺し現皇帝となる。

悠舜《ゆうしゅん》……皇太子。

文姫《ぶんき》……先帝の寵愛《ちょうあい》を受けた妃《きさき》の一人。

昭月《しょうげつ》……文姫の娘。宦官《かんがん》として後宮に長い間匿《かくま》われていた。

宋娥《そうが》……昭月の後宮内での育ての親。文姫に長く仕える。

梁建成《りょうけんせい》……宋娥の弟。龐国《ほうこく》の最高学府・国子監《こくしかん》の祭酒《さいしゅ》（長官）。

黄天祐《こうてんゆう》……代々軍の要職を歴任する軍門の黄家の長子

阮籍《げんせき》、何嬰《かえい》、成玄《せいげん》……国子監の学生。

後宮の月は、南天に舞う
臥龍城《がりょう》の奸臣

序幕

大陸の中央に咲き誇る花の如く、覇《は》を唱《とな》えし龐《ほう》帝国。

美女三千と謳《うた》われたその後宮《こうきゅう》で、花園の主《あるじ》である皇帝が一人苦しみの中に喘《あえ》いでいた。

「誰か……誰かある……っ」

小さな体と共に、鮮《あざ》やかな堆朱《ついしゅ》の挿屏《ついたて》が大きな音を立てて倒れる。吉祥《きっしょう》を現す百子《ひゃくし》が彫り込まれた、同じ重さの金にも匹敵《ひってき》する品である。もし倒したのが宮女《きゅうじょ》や宦官《かんがん》であったなら、死罪は免《まぬか》れなかっただろう。

だが天より遣《つか》わされし御子《みこ》とも龍の化身《けしん》とも言われる皇帝は、挿屏など気にしている場合ではなかった。

吐き気が止まらず、全身がまるで己の物ではないようにひどく震える。腹が痛み、呼吸もままならず、まるで池の鯉のような有様《ありさま》である。

「大家《おおや》！」

騒ぎを聞きつけて寝房に駆け込んできたのは、四人いる内侍《ないし》の内の一人であった。宦官であるため年齢よりも老けており、見た目からは年齢を推《お》し量《はか》ることができない。色は白く、声が高い。

「いかがされました大家⁉」

横倒しになった挿屏の上でのたうち回りながら、皇帝は苦痛のままに延ばされた宦官の枯れ木のような手を振り払う。

「おのれぇ、謀《はか》りおったな！」

苦しみ悶《もだ》える老人が、まるで縋《すが》りつくように床に爪を立てる。爪の先が割れ、複雑に編まれた羅紗《らしゃ》の文様《もんよう》に細かな血痕《けっこん》が散った。

そしてその指が指し示す先には、瑪瑙《めのう》から削り出された小さな茶器があった。

その中には、とある貴人から献上《けんじょう》された茶葉から淹《い》れられたお茶が入っていると、内侍は知っていた。

「侍医《じい》を、侍医を呼べ！」

老いた宦官が叫ぶと、それをきっかけに皇帝が暮らす皇城《こうじょう》は天と地がひっくり返ったような騒ぎとなった。

老年期に差し掛かっていたとはいえ龐の皇帝は心身ともに壮健《そうけん》で、その治世はまだまだ続くと思われていたからだ。

その予定調和が、ある日、突然崩れ去ったのである。

だがそれは、後に続く狂乱のほんの始まりに過ぎなかった。

皇帝の体調不良が各所に伝えられる前に、国政のため玉璽《ぎょくじ》を管理する符宝郎《ふほうろう》の房に押し入り、玉璽を渡せと強弁《きょうべん》する者たちがあった。

その先頭には、今まさに苦しみのたうっているはずの皇帝の面影《おもかげ》を持つ男がいた。

「陛下はお隠れになられた！　しかるに玉璽を次期皇帝であらせられる我が君に渡せ。これは亡き大家の御遺志《ごいし》であるっ」

男の隣にいた兵士が叫ぶ。

兵士が我が君と呼んだのは、艶福家《えんぷくか》でたくさんの子を持つ、皇帝の八番目の皇《み》子《こ》である江南王《こうなんおう》であった。

おりしも太子である第一皇子は、国境を荒らす蛮族《ばんぞく》の討伐《とうばつ》に都を離れているさなかである。符宝郎は直ちに、これが謀反《むほん》であると悟った。同時に、この身が無事に済まないであろうことも。

やってきた男たちは、腰に直刀《ちょくとう》を帯びている。それどころか全身を甲冑《かっちゅう》で固め、まるで戦《いくさ》にやってきたとでもいうような出で立ちだ。

死にたくなければ、大人《おとな》しく玉璽を差し出すべきなのかもしれない。だがそうしたところで、皇太子が戻れば今度はなぜ玉璽を渡したのかと責められ処分されることだろう。

「……そのような報《しら》せは受けておりません。今すぐ皇宮《こうきゅう》に使いを出し、事実の確認を……」

「そのような暇はない！」

兵士は籠手《こて》を着けた手を振り上げると、痩《や》せた符宝郎の体を払いのけた。

房の中にいた官吏《かんり》たちが、突然の暴力に及び腰になる。

「玉璽を出せ！」

言葉とともに、男たちは腰に下げていた刀を抜いた。

符宝郎は抵抗を諦《あきら》め、厳重に保管された玉璽を持ってこさせる。

震える官吏が抱えてきた小箱を奪い取ると、江南王浩《こう》は目的のものを手に入れた安堵《あんど》からか、穏《おだ》やかな笑《え》みを浮かべた。

これで危機は去ったとばかりに、房室《へや》の中の空気が一瞬だけ緩《ゆる》む。

だが玉璽を手に入れた男は、まるでその笑みを地獄の獄卒《ごくそつ》のようなそれに変えてこう言った。

「協力を感謝する。褒美《ほうび》として、お前たちの家族の首までは、取らないでおいてやろう」

そう言うやいなや、江南王は目の前にいた符宝郎の首を自らの手で刎《は》ねた。

胴から離れたその首が、驚きに目を見開いている。

すさまじい血しぶきが上がり、それが合図《あいず》だったかのように兵士たちはその場にいた官吏たちに襲いかかった。残された官吏たちの必死の抵抗も虚《むな》しく、床にはいくつもの血だまりが作られる。

そしてそれらの光景に背を向け、江南王は手元の小箱を大切そうに抱え、こう言った。

「私にはもう、こうするより他に道がないのだ」

第一幕　忘れられた公主《こうしゅ》

広大な後宮《こうきゅう》の片隅に、その離宮《りきゅう》は存在した。

普通後宮の中の離宮と言えば、物語では贅《ぜい》を尽くした広大な宮殿に、仙女《せんにょ》もかくやという寵姫《ちょうき》が暮らしているものである。

だが、いまそこで繰り広げられているのは、そんな文筆家の想像をひどく裏切るものであった。

「よっこら、せーっと」

まるでお化け屋敷のようなひと気のない離宮に、痩《や》せこけた少年が一人。荒れ果てた院子《にわ》で洗い過ぎて色あせた襤褸《ぼろ》を纏《まと》い、あろうことか鍬《くわ》を振り上げている。

振り下ろされた鍬はかつて綺麗《きれい》に整えられていたであろう土を抉《えぐ》り、荒々しく掘り返す。どこから運んだのか黒い腐葉土《ふようど》が、院子の隅に積み上げられていた。

少年は額から汗を流し、一心不乱に院子を耕し続ける。肌は日に焼け、まるで本物の農夫のようである。

そのとき不意に、頭に巻きつけた布から黒く艶《つや》やかな髪が零《こぼ》れ落ちた。その髪はまるで、貴族の子のように長く伸ばされている。

身にまとう襤褸と比べると、ひどくちぐはぐだ。

やがて一段落ついたのか、少年は土で汚れた顔を拭《ぬぐ》いながら畑を出た。

院子には既《すで》に作物らしき植物が等間隔で植えられていた。少年の行動は、畑を広げるためのものだったようである。

ここが荘園《しょうえん》の中であったなら、おかしくもなんともない。褒《ほ》められこそすれ、咎《とが》められるようなことではない。

だが、何度も繰り返すが、ここは後宮の中だ。

皇帝以外の男は、宮刑《きゅうけい》を受けるか自宮《じきゅう》でもしない限り、入ることが許されない女たちの禁断の苑《その》である。

ならば少年は自然、宦官《かんがん》ということになる。親に売られて宦官になったのか、とはいえ畑仕事をしているというのはやはり妙だ。

「作付けまでしてしまいたかったけれど、一雨きそうだな」

そう呟《つぶや》くと、少年は鍬を片付けて建物の中に入った。

北にあるのが正房《せいぼう》と呼ばれる主人のための建物だが、中はがらんとしていて家財道具もなく、壁の丹《に》はところどころ剝《は》げている。

少年はどかりと石でできた低い床几《しょうぎ》に座り、やけに値が張りそうな三彩《さんさい》の執壺《ピッチャー》から水を注《つ》いで一息ついた。

じきに、予想通り淡い雨音が耳を濡らす。

すると少年は頭に巻いていた布をくるくると解《と》き始めた。

ゆるくうねった、濡羽色《ぬればいろ》の長い髪が姿を現す。

すると先ほどまで部曲《どれい》と見まごうばかりだった少年が、あっという間に年頃の乙女《おとめ》に化けた。

土で汚れた顔は、地味《じみ》だが整っている。

女らしく装えばそれなりに見えるだろうに、見栄《みば》えに頓着《とんちゃく》しない性格なのか、彼女は巻いていた布で髪を無造作にまとめると、物憂《ものう》げに立ち上がり部屋の隅に置かれた卓子《つくえ》に近寄った。

その上には開き癖《くせ》のついた古い冊子《さっし》が載《の》っていた。

開くと、中には長い詩が綴られている。

数えるとちょうど千文字になるその詩は「千字文《せんじもん》」と呼ばれ、一つとして重複する文字がない。

娘はその書き出しである「天地玄黄《てんちげんこう》」をそっと指でなぞると、紙面を見ることなく詩の内容を諳《そら》んじ始めた。

千文字発声してもその声がやむことはなく、「学而時習之《まなびてときにこれをならふ》……」と続く。論語の書き出しだ。

龐《ほう》で学問と言えば、過去の偉人が記した名著をひたすらに読み込むことである。算術は職人や商人が用いる技能とされ、学問とは認められていなかった。

科挙《かきょ》という制度がある。龐の前の王朝が始めた、身分を問わず優秀な者を召し抱える先進的な選抜試験制度である。

論語を筆頭に大学、中庸《ちゅうよう》、孟子の四書《ししょ》。そして易、書、詩、礼記《らいき》、春秋からなる五経《ごきょう》である。この二つを合わせて四書五経と呼び、及第《きゅうだい》に必要なのはそれら全てを諳んじ論じることができる頭脳であった。

合わせて四十三万千二百八十六文字。それぞれの注釈書まで含めれば更に数倍という恐るべき量である。

勿論《もちろん》、くたびれた冊子にそれほどの文字が書かれているわけはない。文章はほとんど、娘の頭の中にあるのだ。

そして論語を暗唱し終えた頃には、すっかり日が暮れていた。

それでも彼女は飽くことなく、今度は床几《しょうぎ》の下に手を突っ込んで、そこに隠されていた本を引っ張り出してきた。

それらは、後宮内に所蔵されている訓詁学《くんこがく》について書かれた本だった。彼女自身が訪れる人のない書庫に忍び込み、運び出したのだ。

書物が沢山《たくさん》手に入るという意味では、後宮の中は学問をするのに適した環境といえるかもしれない。だがそもそも、宮女《きゅうじょ》にここまでの学力は求められていない。

なお訓詁学とは、先ほど暗唱していた四書五経を解釈する学問である。

四書五経は数百年以上前に書かれた文章であるため、今では使われていない古い言い回しが多く登場する。

それを正しく理解するためには、後世の学者による訓詁学の助けが必要なのだ。

とても年頃の娘が読むようなものではないが、文章に目を落とす娘の顔は玩具《おもちゃ》を与えられた子供のように輝いていた。

そうして時が経つのも忘れて、彼女は遅くまで貪欲《どんよく》に新たな知識を吸収し続けた。

◇　◇　◇

後宮の中にあって、その全てに宮女の位《くらい》が与えられるわけではない。

皇帝から寵愛《ちょうあい》を受けるのは、最高の美貌《びぼう》と教養を兼ね備えたごく一握りの妃嬪《ひひん》に限られる。

ここ後宮に暮らす女たちの殆《ほとん》どが、天子《てんし》の姿を目にすることすら稀《まれ》だ。特に潔癖《けっぺき》で知られる現在の皇帝は、好色《こうしょく》で知られた先の皇帝と違い後宮にやってくることすらほとんどない。

洗濯に従事する女たちは、監督役の宦官が滅多に来ないのをいいことに、やけに姦《かしま》しかった。槌《つち》で叩《たた》かれた洗濯物から水しぶきが飛び、敷かれた石の床に不規則な水玉模様を描く。

「そういえば、遂《つい》に死んだんだってさ」

「誰がだい？」

「文姫《ぶんき》様さ」

「誰だい？」

「知らないのかい？　先の皇帝のお妃様《きさき》だよ」

そこで、一人の女が笑い声をあげる。

「その説明じゃ、誰も分かりゃしないさ。猴帝《こうてい》に一体何人のお妃様がいたと思ってるんだい」

猴帝とは、先の皇帝の蔑称《べっしょう》である。好色で、国中からなりふり構わず美女を集めたことからこう呼ばれた。美女を攫《さら》い、旅の好漢に成敗された妖猿《ようえん》の故事《こじ》に由来する。

「ちょっと！」

神経質そうな一人が、驚いたように叫んだ。

「閹人《えんじん》のやつらが、どこで聞いてるかも分からないんだよっ」

閹人とは、宦官の蔑称《べっしょう》である。後宮で働く女の中には宦官と華燭《かしょく》を挙げる者もいたが、彼女のように宦官を毛嫌いする者も当然いる。

幾人かが、呆《あき》れたようにため息をついた。

「あんたの口の方がよっぽど行儀《ぎょうぎ》が悪いよ。まったく」

なにせ、後宮を牛耳《ぎゅうじ》っているのはその宦官なのだ。身分の低い彼女らにとって、実際に目にすることのない皇帝よりもよほど恐い相手と言えた。

「それで、その文姫ってお妃様がお亡くなりになったのが、一体どうしたっていうのさ？　言っちゃあ悪いけど、猴帝のお妃様なんて山ほどいただろう。名門の出でも、特別寵愛《ちょうあい》が深かったということもなかったように思うけれど」

一人が話を戻そうと、強引に舵《かじ》を切った。

先程、話し始めた女は、やっと自分の出番がやってきたと言いたげに意味ありげな笑《え》みを浮かべた。

「それがね、ここだけの話だよ」

そう言って声を潜《ひそ》めたものの、自分に注目が集まっていることにどこか誇らしげな様子である。

「大家《こうてい》がご執心《しゅうしん》だったんだって」

「大家が？」

大家とは、後宮の住人たちが親しみを込めて皇帝を呼ぶ名称であった。

「そうさ。猴帝の服喪《ふくも》で髪を落とされた文姫に、大家が何度も遣いを送ってたって話だ」

主《あるじ》である皇帝が死ぬと、その妃である後宮の女たちは全員髪を落として仏尼となるのが通例である
野蛮《やばん》な西戎《せいじゅう》では妻を財産として息子が継承《けいしょう》することもあったが、龐はそのような行動を礼にもとると考え、強く忌避《きひ》していた。

たとえそれが入宮《にゅうきゅう》したばかりのうら若き乙女であろうとも、一切の例外なく人生の墓場である仏寺へと連れていかれたのである。

大勢の美女が集められていた先帝の時代、代替わりのための儀式は特に悲惨であったと伝わる。禁苑《きんえん》内にある感業寺《かんぎょうじ》へ続く道中、泣き叫ぶ女たちの声が絶えることなく響き渡っていた。

彼女らは猴帝の死を悼《いた》んだのではなく、残りの人生を猴帝を弔《とむら》い、一生日の目を見ることなく生きねばならないことを嘆き悲しんだ。

もっとも、更に五百年の昔であれば妃嬪は一人残らず殉死《じゅんし》させられていたに違いないので、それよりはましと言えなくもなかったが。

洗濯女たちは、妃ではなく婢《はしため》であったことから、仏寺行きを免《まぬか》れた者たちでもあった。もはや後宮において数が少なくなった、先帝の時代を知る生き証人という訳である。

ところがそんな彼女たちであっても、うっかり忘れてしまうほど文姫とは存在感のない妃であった。

妃の位は、上から順に四夫人《ぶじん》、九嬪《ひん》、二十七世婦《せいふ》、八十一御妻《ぎょさい》と分けられている。文姫はその中で位の低い御妻の中でも、更に最下とされる采女《さいじょ》の一人であった。

話を聞いていた女たちは、どうしてそんな妃に大家が遣いを送ったのかと、不思議がった。

現帝である大家は国をいたずらに乱した父を大層嫌っており、即位以降は父が建てさせた建物を解体したり由縁《ゆえん》のある宝物を遠ざけさせていた。

更に言うなら、大家は女すら嫌っているのではと思われるほどの後宮嫌いである。なにせ後宮にやってくるのは祭祀《さいし》の時のみで、それも用が済めばすぐさま去ってしまうという有様だった。

故《ゆえ》に、文姫という尼になった妃に懸想《けそう》して遣いを送ったという話は、どうにも疑わしく思われた。

「本当にそんなことをなさったのかねぇ。あの大家が」

話を聞いていた女たちの気持ちを代弁するように、最も年かさの女が言った。

だが、話しをしている女は特に気分を害した風でもない。むしろ、その反応を待っていたとばかりに身を乗り出した。

「ここからが話の肝だよ。なんとその文姫様、尼でありながら御子《みこ》をお産みになったんだ」

「なんだって？　それじゃあ猴帝の……」

「それ以外考えられないって話だ。感業寺はこの後宮よりも規律正しい生活が求められると聞く。そんな場所で髪を落としてまで男と通じるのは難しいだろう。

そもそも、お子がお生まれになったのは尼になってから一年も経たないうちの出来事だそうだ。猴帝の最後の落とし種ってところさね」

猴帝の子は多くいるので政治的な価値はそれほどないにしても、皇帝の子を身ごもった女を誤って仏寺に送ってしまったとなれば関係者の失態である。

たとえ位は低かろうとも、皇帝の子を産んだ女は皇后《こうごう》を筆頭に尼にはならず後宮で暮らすのが、宮廷におけるしきたりだからだ。

「はあ、そんなことがねえ」

思わずという風に漏らした女の呟きは、まだまだ懐疑的《かいぎてき》だった。

だがいたく興味をそそられるのか、洗濯女たちの手はその殆どが仕事を忘れて止まってしまっている。

「でも、猴帝のお子ってことは公主《こうしゅ》様か皇子《みこ》様ってことだろ？　今帝のご兄弟を今の今まで放っておくなんてことがあるかねえ」

「確かに、大家のご兄弟は生きてれば殆どが王として封じられるなり降嫁《こうか》されるなりしたからね。禍《わざわい》の火種を、宮中に残しておく理由はないか」

「そうでなけりゃ、既にこの世の住人じゃないかだね」

現在の皇帝に代替わりする際、悲惨な皇位争いが行われた。そして現在の皇帝に歯向かった者は、一人残らず九族に渡って皆殺しにされたのである。

女たちの中には、その争いが原因で婢に落ちた者もいた。

重苦しい空気が流れる中で、まるで雷《いかずち》のように鋭い言葉が響き渡る。

「なにをくっちゃべってんだい！」

突如《とつじょ》降ってきた声に、女たちは驚いたように声のした方を振り返った。

そこに立っていたのは、背中の曲がった老女だった。だが、皺《しわ》だらけの顔を憤《ふん》怒《ぬ》に染め、今にも手にした杖を振り上げんばかりだ。

「こんな地べたでお茶会かい？　あんたたちはいつの間にそんなに偉くなったんだ！」

「も、申し訳ございません」

老女の腰に高位の宮女であることを表す佩玉《はいぎょく》を認め、洗濯女たちは慌《あわ》ててその場に額《ぬか》ずいた。石の床に溢《あふ》れた水で額が濡《ぬ》れたが、そんなことに頓着《とんちゃく》する余裕は彼女たちにはなかった。

奴隷として後宮に売られてきた彼女たちに、人権などという上等なものはないのだ。位ある者の気分を害するということは、最悪の場合、命をもって購《あがな》わねばならないほどの危機的な状況であった。

「まったく。くだらない噂話をしてる暇があったら、一枚でも多く服を洗って大家のお役に立ちな。いいね！」

老女が言い渡すと、女たちは揃《そろ》って額を石の床に打ち付けた。

ごつごつと頭蓋骨《ずがいこつ》と石がぶつかり合う音がする。

コツコツと杖の音を響かせて、老女はその場を去っていった。残された女たちの頭からは、文姫のことなどすっかり消え去っていた。

今はただ命を繋《つな》いだ安堵《あんど》に、深いため息をつくばかりであった。

◇　◇　◇

老女は走っていた。

だが萎《な》えた足では、杖を突いた老いた体では、思い通り走ることなどとてもできない。

それでも、彼女はできうる限りの力を振り絞《しぼ》り先を急いだ。先ほどまでの怒りなど嘘であったかのように、その顔には隠しようもない焦《あせ》りがにじみ出ていた。

やがて彼女は目的の宮に辿《たど》り着くと、倒れ込むようにその中に入った。薄暗い離宮の中ではいつものように、古《いにしえ》の偉人が残した漢詩の暗唱が響いている。

「公主《ひめ》様！　公主様！」

突然飛び込んできた老女に、房室《へや》の主《あるじ》は驚いたように発声をやめた。

「宋娥《そうが》？」

娘が驚いたのも無理はない。宋娥と呼ばれた老女は房室に入った途端、疲れ果てたようにその場に膝をついてしまった。年齢《とし》が年齢であるから、彼女は慌てて老女に駆け寄る。

「宋娥。どうしたの？　どこか痛む？」

娘は宋娥を助け起こすと、心配そうにその顔を覗《のぞ》き込んだ。

娘の顔が土で汚れていることに気づき、老女は眉《まゆ》を顰《ひそ》める。宋娥は自らが仕えるこの娘が、畑仕事をしたり詩の暗唱をしたりするのを快《こころよ》く思っていなかった。

だが、今はそんなことを言っている場合ではない。

「公主様、お逃げくださいっ」

突然の提案に、彼女は驚き目を見開く。

「逃げる？　逃げるってどこへ？」

「外です。禁苑を出て、城下へ降りるのです。お母様が亡くなられ、大家は必ず貴女《あなた》を手中に収めようとなさるでしょう。逃れるのです。文姫様の……それがお母様の最後の願いです……」

突然語られた言葉の情報量の多さに、彼女は眩暈《めまい》がした。

「待って！　母様が亡くなったたって、突然なんなの」

彼女は、己の境遇を知らされずに育てられた娘であった。

特殊な環境である後宮の中で、育ての親である宋娥の言うことを聞いて今日まで暮らしてきた。彼女が知る人間も、そして彼女を知る人間も極端に少ない。

母である文姫は、娘が皇帝の手にかかることを恐れて、大胆にもその足元である後宮に娘を隠したのだ。

それも——宦官として。

宋娥はかつて、世話をさせるため文姫の実家がつけた女だった。幼い頃から文姫の世話をしてきた宋娥は、文姫が感業寺に移ったあとも、宮女として後宮に残り、文姫の娘である昭月《しょうげつ》を決して皇帝の目を引かないよう、密《ひそ》やかにこの忘れ去られた離宮で厳しくも愛情をこめて育ててきた。赤ん坊だった彼女が頭を打って大泣きした時など、この世の終わりのように絶望したものだ。

それが今日、終わる。

終わらせなければならない。

老女の落ちくぼんだ目から、涙が滑《すべ》り落ちる。

髪を落として尼となった文姫は、皇帝の要請に応じることなく、死ぬまで昭月の所在を知らせなかった。

文姫が死ねば、皇帝は先代の忘れ形見《がたみ》である昭月を諦《あきら》めるかと思われた。だが、なぜか後宮には今まで忘れ去られていたはずの文姫の子供の噂が広がっている。

その噂を聞いた者の中には、好奇心で文姫の子を探そうという者もあるだろう。皇帝の歓心《かんしん》を得ようと、感業寺も含めて大規模な捜索《そうさく》が行われるかもしれない。

もう隠し切れない——。

宋娥の胸を占めるのは、幼い頃から慈《いつく》しんで育てた文姫の願いを叶《かな》えられない無念さと、昭月を手放さねばならない寂しさであった。

その顔を土に汚そうとも、昭月の目には隠し切れない知性の輝きがある。頭に小さく残ってしまった傷も、彼女の賢さや美しさを決して損《そこ》なうものではない。歳は数えで十六になる。いくら宦官は髭《ひげ》が生えず声が高いといえど、この娘を宦官だと言ってごまかすのはもはや厳しかろう。

このまま皇帝の手に落ちて文姫との約束を違えるくらいならば、自由な外の世界に飛び立たせるべきだ。

一度決断してしまうと、宋娥の行動は早かった。

この常識知らずの娘を、一人で城下へ放り出すわけにはいかない。だが、宋娥とて宮女だ。皇帝の赦《ゆる》しなく後宮の外に出ることはできない。

老いた宮女は、後宮の秘密を知る存在だ。ゆえに、老いても後宮内にとどめ置かれることが多かった。

もっとも、長く俗世を離れた彼女たちは、たとえ自由の身になれたところで行くあてなどなかったのだが。

「私の弟が、国子監《こくしかん》で祭酒《さいしゅ》をしております」

国子監とは国の教育を司《つかさど》る機関であり、同時に龐《ほう》における最高学府でもあった。祭酒とは、その国子監の長官であることを意味する。

龐において国に仕官《しかん》するためには科挙と呼ばれる試験に及第しなければならなかった。この科挙の予備試験である録科《ろくか》を監督するのもまた、国子監の大切な役割である。

「弟？　宋娥の？」

不思議そうに問う昭月に、宋娥は初めてこわばらせた顔を和《やわ》らげた。

「公主様《ひめ》もよく知った相手ですよ。梁建成《りょうけんせい》といいます」

「建成！」

建成こそ、昭月に学問の手ほどきをした人物であった。どう生きるにしても、昭月には教養が必要だと、面会に来た建成に宋娥が引き合わせたのである。

だが宋娥の計算違いは、昭月が予想以上に学問を好んだことであった。

宋娥が考える教養とは、良家の娘が必須《ひっす》とする風流《ふうりゅう》を理解し、漢詩を詠《よ》むことができる程度のものである。

しかし昭月はそんな宋娥の期待を大幅に裏切って、学問にのめり込んでしまった。宋娥がそれに気づいて建成との接触を断った時には既に遅く、大人ですら頭を抱える四書五経を好んで暗唱するような娘に成長してしまったのだ。

官吏《かんり》になれるのも、科挙を受けることができるのも、男のみだ。

賢《さか》しすぎるは女の身を滅ぼす。そんな俗説がまかり通る時代である。

ただでさえ目立つ行動は控《ひか》えてほしいのに、昭月の学問好きは止まるところを知らなかった。

どこからか拝借《はいしゃく》してきたらしい訓詁学の書物を見つけた時、宋娥は頭を抱えたものだ。

宋娥は常に、昭月の行く末を心配していた。ずっとそばで見守りたいと願いつつ、老いた身ではそれが難しいことぐらい分かっていた。

そして今、否応《いやおう》なく別れの時が近づいている。

自分は昭月にとって良き道を示せたのか。亡き文姫との約束を果たせたのか。

宋娥は文姫によく似た昭月の顔を見上げながら思う。

まさか老いさらばえた自分よりも、主である文姫が先に儚《はかな》くなるとは思いもしなかった。

宋娥の胸に、複雑な思いが去来《きょらい》した。

本当は、感業寺まで文姫についていきたかった。

先の皇帝の崩御《ほうぎょ》が発表された当時、文姫は体調が芳《かんば》しくなく、宋娥は気を揉《も》んでいた。既に妊娠の兆候《ちょうこう》が出ていたのだ。

そんな文姫を一人、感業寺になど行かせるわけにはいかない。

なんとしてもついていくと縋《すが》ったが、文姫は決して首を縦に振らなかった。

そして宋娥に命じたのだ。やがて生まれる我が子を、新たな皇帝から隠すため後宮の中で育ててほしいと。

龍の寝姿とも畏《おそ》れられる臥龍城《がりょうじょう》の内部では当時、粛清《しゅくせい》の嵐が吹き荒れていた。

皇太子として冊立《さくりつ》されていた猴帝の長子《ちょうし》が討たれたのだ。討ったのは、現在の皇帝、かつての江南王浩《こうなんおうこう》である。猴帝の第八子であり、母の実家も通常であれば即位など望むべくもない家柄であった。

江南王はその後も、次々に己の兄弟を手にかけていった。それぞれについていた臣下《しんか》たちもまた然《しか》りである。裏切りや密告が横行し、宮廷内は荒れに荒れた。後宮からの出入りも厳しく制限され、文姫は勿論、宋娥が赤子を連れて後宮の外に出ることなどとても不可能だった。

ゆえに、今日である。

立派に育った変わり者の公主を見上げ、宋娥はほほ笑んだ。

この聡明な姫君ならば、きっとどこでもやっていけるはずだ。隠棲《いんせい》した賢者を真似《まね》て、院子《にわ》に畑を作ってしまうような変わり者ではあるが。

「いいですか公主様。どうか何もお聞きにならず、今すぐ必要な物を急いでまとめてください。先ほど建成に遣いを出しました。明朝には出られるように手配します。それまでに――」

「宋娥は？　宋娥も一緒に行くのでしょう？」

不安げな表情の昭月に、宋娥は頷き返したくなった。

だが、自分も一緒に後宮を出れば、必ず皇帝の目を引いてしまう。

昭月一人であれば、出入りを取り締まる宦官に金を握らせれば、どうとでもなる。こうなるずっと昔から、算段してあったことだ。

「公主様。私は一緒には参りません。公主様お一人で、この後宮を出て行くのです」「どうして？　宋娥がここにいるというなら、私もここで暮らすわ。宋娥の言うことは何でも聞くし、嫌だというのならもう暗唱もしない」

だからどうかそんなことは言わないでほしいと、目が語っていた。まるで星が瞬《またた》く夜空のような、黒目がちな瞳。

宋娥は目を見開いた。

学問を突き詰めようとする昭月に宋娥が戸惑っていたことを、言われずともこの娘は気がついていたのだ。

この変わり者の公主がそれほどまでに自分を慕《した》ってくれていると知り、宋娥は深い喜びを抱いた。

だが、残念ながら彼女の願いを叶えることはできない。

なぜならそれは、宋娥の亡き主の望みと相容《あいい》れぬものだからだ。ずっとそばで守ってやりたいと思う。

宋娥とて叶うならば、このまま娘の行く末を見届けたい。ずっとそばで守って
だが老いた身では、もしもの時に守ってやることはできない。

離れることこそが守ることなのだと、宋娥は己に言い聞かせた。

「公主様。我慢などしなくてもいいのですよ。建成の許《もと》に行ったら、お好きな学問がいくらでもできます」

「学問より、私は宋娥と一緒にいたい！」

「いけません公主様。どうかこの老いぼれの願いをお聞き届けください。公主様には自由に生きて頂きたいのです。あなたのお母様の分まで……」

宋娥の決意が固いと悟ったのか、昭月は黙り込んだ。

蠟燭《ろうそく》の頼りない炎が、暗闇の中に二人を照らし出していた。

第二幕

大《だい》都《と》安《あん》京《きん》

広大な龐《ほう》の中でも、皇帝の座す都《みやこ》を安京《あんきん》と言った。

海から遠く離れたこの都は、冬には骨を刺すように冷え込み、春になると風が黄塵《こうじん》を運んだ。

しかしその場所柄故《ゆえ》に他国との交易が盛んであり、街は国際色豊かであった。さすが皇帝が座す都というだけあって、街全体が水壕《みずぼり》を巡《めぐ》らせた巨大な城壁に囲まれ、街中も整然と区画によって分けられていた。

宋娥《そうが》の手引きによって生まれて初めて臥龍城《がりようじよう》を出た昭月《しようげつ》は、まずそのどこまでも続く街の広大さに息を呑んだ。

都の中央を南北に貫く朱雀大街《しゆじやくたいがい》。道幅が百五十メートルもあり、道というよりは広場のように見えた。また道の両側には槐《えんじゆ》の木が蕾《つぼみ》を膨《ふく》らませている。

幅三メートルのある水壕が二本の川のように並行して横たわる。まるで巨人が暮らす街のようであった。

道の両側には、土牆《どしょう》と呼ばれる土壁がはるかに向こうまで続いている。この街は、こうした防壁《ぼうへき》に囲まれた坊《ぼう》と呼ばれる百十の区画によって形成されているのだ。

南北に十一条、東西に十四条の大街《とおり》によって区分けされ、夜になると扉が閉じられ坊同士の移動は禁じられた。坊内には五千余の、多ければ八千ほどの家が立ち並び、その一つひとつがそれぞれに小さな街ほどの規模を誇っていたのである。

後宮《こうきゅう》の、それもうらぶれた離宮《りきゅう》しか知らない昭月は、宋娥と別れた寂しさも忘れ、あまりのスケールにしばし呆然《ぼうぜん》と立ち尽くしてしまった。

そんな昭月の細い肩に、建成《けんせい》がいたわるようにそっと手を添える。

梁《りょう》建成は己の才覚で国子監祭酒《こくしかんさいしゅ》まで上《のぼ》り詰めた、立志伝《りっしでん》中の人であった。

本来、科挙《かきょ》を受けるためには生まれ持った才覚の他に、専門の教師を付けて学問に励むだけの豊かさが必要である。

しかし、彼が生まれたのは貧しい油売りの家であり、本来であれば彼もその仕事を継いで一生を終えるはずであった。

だがそうはならなかった。

神童と誉《ほま》れ高かった建成を、資産家の梁家が養子にしたいと言い出したのである。

かくして建成は貧しい油売りの息子という身分を抜け出し、資産家の若様となった。その後学問にはげみ、齢《よわい》十九歳で見事に状元及第《じょうげんきゅうだい》を果たした。

国子監はそもそも礼部《れいぶ》に属する組織であり、建成もまた礼部の役人であった。最終的に礼部の尚書《ちょうかん》にまで上り詰めた彼は、老いて後進に道を譲《ゆず》り、自らは外部機関となっていた国子監の祭酒に就任《しゅうにん》した。知命《ちめい》と言われる齢《よわい》五十を数えたときのことであった。

姉からの突然の呼び出しで建成は昭月と再会した。

昭月は外に出ることを咎《とが》められないよう、宦官《かんがん》に扮《ふん》していた。

若い宦官はそう珍しくはない。宮刑《きゅうけい》を受けて宦官になった者の他に、貧しさのあまり後宮に売られる者や、豊かさに憧れ、自ら宦官となる者は後を絶たなかった。

だがそんな中で建成を驚かせたのは、昭月の目に宿る無垢《むく》な知性の輝きであった。

た。

箱庭で育った彼女は世俗の垢《あか》に塗《まみ》れておらず、宋娥との別れに悲しみながらも学問への探求に心惹《ひ》かれている様子であった。

「したいことや、見たいものがあれば遠慮なく言いなさい。今日から君は自由なのだから」

建成は昭月にそう声をかけた。

彼は態度にこそ出さなかったものの、昭月のあまりに数奇《すうき》な生まれに同情していたのである。

だが、振り返った昭月の顔に己を憐《あわ》れむような色は欠片《かけら》もなかった。

むしろ未知の世界に飛び込んだ娘の目は爛々《らんらん》と光り、建成はそのあまりの眩《まぶ》しさに目がくらむような思いがした。

「梁老師《ろうし》、私は学問がしたいです」

そう言うが早いか、昭月は布製の小さな包みからすっかりすり切れてよれよれになった冊子を取り出した。

「これは……」

建成は驚いた。なぜならその冊子は、彼自身が昭月に与えたものだからだ。
震えた手でそれを受け取ると、建成は一頁目を開いた。

上大人
孔乙己
化三千
七十士
尓小生
八九子
佳作仁
可知礼也

手習いの、まず初めに教えられる二十五文字である。
昔孔子《こうし》という聖人が、一人で三千人を教化《きょうか》し、更に内七十人が優秀であった
という意味の詩である。

龐の子らは、まずこの詩で文字の書き方を習う。

なので最初の一文は、上手《じょうず》に習字して大人に見せようという意味だ。

何度もなぞったのか、頁にはめくり癖と手垢《あか》がついていた。

そういえばと、建成は思い出す。せめての手慰《てなぐさ》みになればと以前、四書五経《ししょごきょう》を送ったが、熱中しすぎてしまうからと、宋娥から送り返されてきたのだ。

当時の昭月の年頃では教えられても嫌がる子供が多い中で、わざわざ取り上げるほどとはどういうことかと当時は不思議に思ったものだった。

「ずっと持っていたのか」

建成の胸に、えも言われぬ感情が去来《きょらい》した。そして思い出す。まだ梁家の養子になる前、油売りの子に学問など不要だと言われ、名門の子らが通う小学を羨《うらや》ましく眺めていた。子供らの暗唱《あんしょう》の声で四書五経を覚えたが、読み書きができないため歯がゆい思いをしていた。

梁家から養子にと言われた時は、両親と離れる寂しさはあったが、同時に、これで思うがままに学問にはげめるという喜びもあった。

それからはひび割れた大地が水を吸うように、まるで渇《かわ》きをいやすように学問に打ち込んだ。

この子もそうなのだろうか。

建成は昭月を見下ろしながら思った。

新たに開けた世界に目がくらむことなく、娘は己が望むものをまっすぐに見つめている。

昨晩泣き通しだったのか、目尻は赤く腫《は》れていたが。

「分かった。思うようにやりなさい。君の意見を尊重しよう。もうこれ以上、大人の好き勝手に振り回されたりしなくてもいいんだ」

建成が、娘の望みをかなえてやろうと決心したのは、この時だった。

後に彼女の願いは思いもよらぬ騒乱《そうらん》を巻き起こすことになるのだが、この時はまだ誰も、それを知る由もなかったのである。

◇　◇　◇

邸《やしき》につくと、昭月は物珍し気《げ》にあちこちを見回した。

なにせ物心がついた時からの後宮暮らしなので、目にはいるもの全てが新鮮である。

梁家の邸は、国子監のある務本坊《むほんぼう》の中にあった。務本坊自体が、外廷《がいてい》の道を挟んで臥龍城のすぐ向かいであるから、どこにいても皇城《こうじょう》から見下ろされているような心地《ここち》がする。

良家の子息や皇族の男子の学び舎《や》であるため、どうしてもこのような配置になるらしい。

また、外廷で行われる科挙試験もまた、国子監の管轄《かんかつ》である。そんな事情もあり、街の中心部に暮らすという訳にはいかないようだった。

邸に近づくと、四書五経の内の一つである春秋左氏伝の一文が国子監の方角から聞こえてきた。

美声である。近くにいた女の使用人が、手を止めてうっとりと聞き入っていた。

『其《そ》の人曰《いわ》く、其《そ》れ我を盟《のろ》わん乎《か》と。臧孫《ぞうそん》曰く、辞《ことば》無からんと。将《まさ》に臧氏を盟うに、季孫外史の悪臣を掌るを召し、而《しか》して盟いの首を問え焉《り》。対《こた》えて曰く、東門氏を盟う也《なり》、曰く、或《ある》いは東門の如《ごと》く遂《と》ぐる毋《なか》れ、公命を聴か不《ず》、適を殺して庶を立てりと』

左伝は歴史書である。なので四書五経の中でも特に分量が多い。注釈の書である正義であればなおさらだ。

これを暗唱するのはなかなかに難がある。それを言い淀《よど》むことなく声は朗々《ろうろう》としている。

さては天祐《てんゆう》かな——建成は思った。

天祐とは名門黄《こう》家の長子だ。代々軍の要職を歴任する軍門の家系であるにもかかわらず、文武両道を成すため官吏《かんり》の養成所とも言える国子監に入った変わり者であった。

龐では本来、蔭位《おんい》の制という制度により貴族の息子や孫は無条件で任官《にんかん》することができる。

だが天祐はそれをよしとせず、自力《じりき》で任官しようと、こうして国子監に通っているのだ。

歳の頃は二十余。姿は音に聞こえる美男子で、優秀ではあるが、それゆえに性は狷介《けんかい》であった。

状元及第が有望視される才気に満ちた若者であるが、賢いがゆえに周囲に馴染《なじ》まない。

状元とは科挙の最終試験である省試《しょうし》において、最も成績優秀な者に贈られる誉《ほま》れである。第一位を状元、第二位を榜眼《ぼうがん》、第三位を探花《たんか》と呼び、三位までで及第した者を第一甲「進士及第」といって、翰林院《かんりんいん》という極めて重要な部署に配属されるのだ。

『叔孫氏《しょくそんし》を盟《のろ》う也《なり》、曰《いわ》く、或《ある》いは叔孫僑如《きょうじょ》の如《ごと》く国常《こくじょう》の廃《すた》るるを欲する毋《なか》れ、公室を蕩覆せりと。季孫曰く、臧孫之《ぞうそんの》罪は、皆な此《これ》に及ば不《ず》と。孟椒曰く、盍《けだ》し其《そ》の門を犯し関を斬るを以てせんと。季孫之を用い、乃《すなわ》ち臧氏を盟いて曰く、或いは臧孫紇の如かる無かれ。国之紀を干《おか》し、門を犯し関を斬れりと……』

そこで声が途切れた。

続く言葉が出ないに違いない。

すると建成の隣にいた昭月が、おもむろに途切れた左伝の続きを諳《そら》んじ始めた。

『臧孫之を聞きて曰く、国に人有り焉《なん》、誰か居らん。其《そ》れ孟椒乎と』

まだ魔という国ができる前、魯《ろ》という国に臧孫という人物がいた。彼は有能な人物であったが、故《ゆえ》に妬心《としん》を買い、そのせいであらぬ疑いをかけられて遂には国にいられなくなってしまった。

彼はあわやというところで関の閂《かんぬき》を切り捨て逃亡する。彼が去った後、臧孫の罪を明らかにしようという話になったが、誰も思いつかなかった。

そこで知恵者の孟椒がこう言った。閂を切ったことこそが罪であると。

ここまでが、黄天祐の語ったくだりである。

昭月が引き継いだのは、その後の後日談の部分であった。

己の罪について聞き及んだ臧孫は、魯には随分賢い者がいるなと言った。おそらくは孟椒だろうと。

彼は、誰が自分を陥《おとしい》れたのか分かっていたのだ。

建成は即座に続きを諳《そら》んじることのできた昭月の知識に舌を巻いたが、同時に文章の内容から昭月がまるで天祐よりも自分の方が優れていると言ったように受け取られかねないと危惧《きぐ》した。

はたして建成の思った通り、侮辱《ぶじょく》されたと勘違いした黄天祐が飛んできた。

彼はまず祭酒である建成を認めて拱手《きょうしゅ》すると、声の主を探して鋭い視線をあちこちへと投げかけた。

建成の屋敷の前だ。そこにいるのはうっとりと天祐を見つめる使用人と、何が起こっているのか理解していない昭月だけである。

さてはこいつかと昭月に当たりをつけた天祐は、腕組みをして昭月の前に立った。

武門の家柄だけに、天祐は長身の堂々たる体軀《たいく》を持つ偉丈夫《いじょうぶ》である。ゆったりとした宦官姿の昭月と比べると、まるで大人と子供のように見えた。

「先ほどの声の主はお前か？」

天祐の問いに、昭月はこくりと頷《うなず》いた。

人づきあいの経験がないので、自分がまずいことをしたという自覚がないのだ。

それよりも彼女を支配していたのは、自分と建成以外に左伝を読み諳んじる者がいるというその事実の方であった。

天祐の声に、先ほど左伝を諳んじていた主だと気づき、昭月は満面の笑《え》みを浮かべる。その笑みはまるで子供のように純真無垢《じゅんしんむく》だ。

「はい。先ほど襄公《じょうこう》二十三年を読んでいたのはあなたですか？」

昭月は、できることなら目の前の人物と朋《とも》になりたいと思った。

彼女は友人というものを知識としてしか知らなかったので、憧《あこが》れがあった。ただ問題があったとすれば、それは昭月が男女の別を理解しなかったことだろうか。

学問の始祖《しそ》とも目される孔子《こうし》はあまり女性の扱いがうまくなかった。妻に逃げられ、彼の息子も妻に逃げられ、彼の孫もまた妻に逃げられている。

それゆえに四書五経における女性についての記述も極端に少なかったので、昭月はいまいち男女の別というものがよく分かっていなかった。

男女が友人になるということは龐の常識で言えば非常識に類《るい》することであったが、昭月にはそもそも常識というものが少しも備わっていなかったのである。

「いかにも」

天祐はむすりと不愛想《ぶあいそう》に答えた。

彼は昭月の問いかけを、皮肉として受け取っていた。状元及第を目指そうという者が、左伝も暗唱できないのかと言われているように思えたのだ。

「そうなんですね。私と梁老師以外に、左伝を諳んじる人なんて初めて見ました。とてもいい声をしていますね」

とりあえず、昭月は自分の素直な感想を伝えた。

彼女にとって知り合いと呼べる相手は宋娥と学問の手ほどきをしてくれた建成のみなので、こんな言い方になってしまったのもある意味仕方ないと言える。

だが、天祐にしてみればひどく思いあがった発言に聞こえた。確かに左伝は四書五経の中でも最も字数の多い書物ではあるが、科挙を受けようという者ならば暗記していて当然というほどの重要な書物である。

それを暗記しているのは自分と祭酒である建成ぐらいだろうと言ったように聞こえたので、天祐はなんだこの思いあがった子供は、と思ったのもまた仕方のないことだったかもしれない。

名門に生まれ優駿《ゆうしゅん》であり、屈辱《くつじょく》を受けることも稀《まれ》であった天祐は、目の前の相手に並々ならぬ関心を抱いた。

断っておくが、それは決して好意的な意味ではない。思いあがったこいつの鼻を明かしてやろうという、極めて好戦的な興味の持ち方である。

一方で、そんな二人のやり取りを見ていた建成は頭を抱えたくなった。

片や後宮育ちの度を越した世間知らずで、片や名門の跡取り息子で挫折《ざせつ》など一度も経験したことのないような男である。

互いに何一つ共通するところがない。

あるとすれば、卑《いや》しからざる生まれということぐらいだろうか。

先行きの多難さを思い、建成は大きなため息をついたのだった。

◇　◇　◇

龍の寝姿とも言われる臥龍城《がりようじよう》。

国子監のある務本坊からは、その姿を間近《まぢか》に見ることができた。

そして国子監祭酒である梁建成の邸からも、臥龍城の威容《いよう》は臨むことができた。毎朝、坊の扉を開く暁鼓《ぎょうこ》の時刻になると、まだ薄暗い中を朝賀《ちょうが》に参列しようと登城する群臣の列が、彼らの持つ燭火《しょっか》でまるで光の道のように見えた。

敵が入ってこないよう、女たちが逃げないよう、高い壁によって外界と隔てられていた後宮とは、何もかもが違う。

別世界だ――昭月は思う。

何度も繰り返し読んだ書物の中に、こんな情景は描かれていなかった。それもそのはずで、彼女が暗記した書物はどれも数百年近く前に書かれた歴史書や哲学書である。書かれた当時とは国も風俗も変わってしまっている。

ここにきて昭月は、まず世界が極めて広大であることを知った。塀の世界の外側には、たくさんの人が暮らしていることを知った。

昭月にとって、新しい世界は驚きの連続であった。

馬や牛などの動物も、初めて見た。荷車を引く牛。人を乗せて走る馬。知識としては知っていたが、実物はこんな風なのかと驚いた。

吹く風すらも、違う気がする。

「小姐《おじょうさま》」

外を見るために門から身を乗り出していると、後ろから呼びかけられた。振り返ると、そこには建成がつけてくれた下女が、恐い顔をして立っていた。梁家に長く勤めているという老女で、どこか宋娥を思わせる。

「みだりに外の者に姿を見せてはなりません。さらわれてしまいますよ」

「さらわれる？　何故《なぜ》ですか？」

不思議に思い、昭月は聞き返した。

分からないことはなんでもすぐに聞くようにと、建成にも言われていた。

「小姐はご存じないのですね。いいですか？　若い女が無防備に顔を晒《さら》しているとね、猴《さる》に取られてしまうのですよ」

「猿？」

「ええそうです。けだものですヨ。どれだけ若い女をさらっても飽き足らず、やがては自分の息子に喰《く》われてしまいましたがね」

老女にとって誤算だったのは、先帝の出来事になぞらえた教訓を、昭月が一切理解しないことだっただろう。

そして建成にとっての誤算は、わざわざ選び抜いた有能で口の堅い使用人が、結果として、いち早く昭月に余計なことを吹き込んだということだった。

　これは双方にとって、不幸な事故だった。

　もっとも、話をされた当人は、その猴こそが己の父であるという自覚がない。なので、昭月は、猿という動物は人をさらったり共食いをする生き物なのだなという、猿にとっては非常に不名誉極まりない理解の仕方をしたのだった。

　その後、下女に手伝ってもらい服を着替える。襦裙《じゅくん》と呼ばれる女官《じょかん》が好むような派手《はで》な服装で、見たことはあったものの身に着けるのは初めてだ。

　長い裙裳《スカート》を胸元まで引き上げ、その上から袖口の広い大袖《おおそで》の衫《うわぎ》を羽織《はお》り、腰で帯を締める。

「胸元が空《あ》きすぎではありませんか？」

　この時、衫の襟を開いて下の裙裳が見えるようにするのが流行《はやり》だと言うが、今まで着ていた服と違いあまりにも胸元が心もとない。

　戸惑いながらも下女になだめられて房室《へや》を出ると、今度は建成の妻である梁夫人が待ち受けていた。

「あらあら、思った通り。とても素敵《すてき》だわ」

名門の一人娘と言うだけあって、建成の夫人はとても上品だ。

「化粧は嫌だとおっしゃって」

下女が不満そうに言う。

確かに顔に色々塗りたくられそうになって、必死に逃げた。

綺麗《きれい》にするためだと言うが、沐浴《もくよく》は欠かしていないし、そう汚れているとも思えない。

「うふふ、そのままでも素敵よ。さあ、行きましょう」

夫人に誘《いざな》われたのは、早餐《ちょうしょく》をとるための夫妻の房室だった。そこには官吏が朝に着るべしと定められている、玄端《くろふく》を身に着けた建成の姿があった。

ちなみに彼が朝賀に参加しないのは、国子監が礼部から独立した組織とみなされているためである。

「これはこれは、見違えたな」

席を立って出迎えた建成を見て、昭月はほっと安堵《あんど》した。

後宮にいた頃は、できるだけ宮から出ないようにと宋娥に言われていたから、誰かと一緒にいることになれない昭月である。

宋娥は宮女としての仕事があったので、ずっと一緒という訳にはいかなかった。

昭月にとって学問は、孤独を埋《う》めるための唯一《ゆいいつ》の方法だったのだ。

そして過去の賢人たちの言葉を忘れないようにと、呪文《じゅもん》のように唱え続けて現在の風変わりな彼女が出来上がったのである。

卓子《つくえ》に出されたのは、胡餅《パン》と菜羹《やさいスープ》だった。従四品《じゅしほん》の士大夫《したいふ》とは思えぬ質素な食事だが、件《くだん》の孔子が普段の食事は粗食《そしょく》をよしとしていたので、喜んで食べた。

「邸での生活はどうだい？　なにか不都合はないか？」

建成の問いに、昭月は堰《せき》を切ったように語り始めた。

後宮を出てからまだ数日。しかし昭月にとって目に映るもの全てが目新しく、まるで渇《かわ》きを癒すように彼女は次々と新たな知識を吸収していった。

それらを目を輝かせて報告する子供のような昭月を、梁夫妻はとても微笑《ほほえ》ましく思った。

「それで……まだ気が早い話だとは思うが、これからどうしたい？」

「これから、ですか？」

「そうだ。君はまだ若い。これからどんな人生でも、己《おの》が手で選ぶことができる。君は学問がしたいと言ったが、外の世界には他にも素晴らしいものが沢山《たくさん》ある」

それはありがたい申し出に違いなかった。

後宮から出たばかりの昭月は、まだ右も左も分からない殻《から》をつけた雛《ひな》と変わりない。事実、建成から放り出されれば、途端にどうしていいか分からず路頭《ろとう》に迷うことになるだろう。

だが夫妻はそれを恩に着せることなく、あくまで昭月の手伝いをさせてほしいという態度を崩さなかった。

それだけで、彼らは信頼できるという思いを昭月は深くした。

というよりも、まだ生まれたてのような彼女は、人を疑うということを知らなかったのだが。

「そうよ。若い女の子がうちに来てくれるなんて夢のよう。お洒落《しゃれ》したり、一緒にお買い物したりしたいわ」

梁夫人は、若い頃はさぞ美人だったのだろうと思われる顔に笑《わら》い皺《じわ》を浮かべ、とても楽しそうだ。

だが残念ながら昭月は、夫人の提案がそれほど魅力的に感じられなかった。務本坊の近くにある東市《とうし》にも行ってみたが、髪飾りの細工《さいく》や化粧のおしろいよりも、異国からやってきた商人や、売られている本や巻物の類《たぐい》に目がいってしまった。

昭月は後宮の離宮にいたときからわざと華やかな格好《かっこう》をしなかったのではなく、はなから自分は学問が好きなのだと再確認した。

「私は学問がしたいです、老師。そして叶《かな》うなら――朋《とも》が欲しいです。共に学び語らう朋が」

今まで昭月は、学問の喜びを誰かと分かち合ったことがない。

「子曰《いわ》く、学びて時に之《これ》を習う、亦説《またよろこ》ばしからずや。朋《とも》有り、遠方より来《きた》る、亦楽しからずや。人知らずして慍《いきどお》らず、亦君子《くんし》ならずや」

論語巻第一の冒頭の一節である。

孔子は言った。習ったことを、機会があるごとに復習し身につけていくことは、なんと喜ばしいことか。友人が遠方からわざわざ私のために訪ねてきてくれることは、なんと嬉《うれ》しいことか。人が私を知らないからといって、不平不満を言うことはない。これを君子と言うのではないか。

復習し学問を身につける喜びを、昭月は既《すで》に知っている。

だが、朋というものを、彼女は知らない。

宋娥は親しい相手ではあるが、同時に育ての親で、敬《うやま》い孝行するべき相手であり、友人ではなかった。

昭月の周りには、宋娥しかいなかった。宋娥こそが母であり父であり、生きる上での指針だった。

けれど残念なことに、宋娥は昭月の嗜好《しこう》を理解しなかった。嗜《たしな》みとしての学問は容認《ようにん》しても、詩を諳んじ、その世界を探求しようとする昭月に対して決していい顔はしなかった。

もっと女らしく淑《しと》やかであってほしかったのだと、理解はしている。

隠棲《いんせい》した賢者がしたのと同じように襤褸《ぼろ》を纏《まと》い土を耕《たがや》すのは、彼女が望むところとは違っていたのだろう。

しかしそうと分かっていても、昭月は己の望みを曲げることはできなかった。

「そんな……」

友達が欲しいと切実な様子で吐露《とろ》する昭月に、梁夫人は先ほどまで浮かべていた笑顔を曇《くも》らせてしまった。

彼女は昭月の境遇《きょうぐう》こそ知らないものの、朋が欲しいと必死に訴える様子は、同情を誘うのに充分であった。

建成もまた、柔和《にゅうわ》な顔に皺を寄せる。

そしてたっぷりと熟考《じゅっこう》した末、こう言い放ったのだった。

「ならばいっそ、国子監で授業を受けてみるか？」

――と。

しかし、ここで昭月の取った反応が建成の笑いを誘った。

「どうしましょう。肉を干さねばなりません」

「ははは！」

「まあ、一体どういうこと？」

夫人は首を傾《かし》げる。

笑いで体を揺らしつつ、建成は妻のために昭月の言葉の意味を説明せねばならなかった。

「おそらくは、束脩《そくしゅう》のことだろう」

「はい。教えを乞うならば干し肉が必要でしょう？」

どうして笑われるのか分からないと、昭月は首を傾げている。

「束脩とは入門にあたり師にする付け届けのことだが、そもそもは干し肉を十枚重ねた物という意味だ。『束脩を行うより以上は、吾未《いま》だ嘗《かつ》て誨《おし》うること無くんばあらず』と、夫子《ふうし》もおっしゃっている」

夫子とは孔子を敬《うやま》っての呼び方だ。干し肉を捧げた者全てに、学問を教えてきたと孔子は語っているのである。

「昭月、肉などいらないよ。君が国子監に行くことで、私にも得るものがあるかもしれないのでね」

「それはどういう意味でしょう？」

意味深《いみしん》な言葉に問い返しては見たものの、建成はそれ以上、語る気がないようだった。

少し気にはなったものの、国子監で学ぶことができるという餌《えさ》を前に、昭月は冷静ではいられなくなった。

後宮を出てまだ日は浅いが、梁家の人々に質問して仕入れた外界の常識によると、すぐ近くに立っている国子監はどうやら龐の最高学府らしい。

初日に出会った青年を筆頭に、そこには学問を志す者たちが沢山いるに違いない。

こうはしていられないと、昭月は慌《あわ》てて房室を辞した。

初日に会った青年に恥じないためにも、もっと四書五経の注釈について理解を深めねばならないと思ったのだ。

幸い、梁家には後宮に負けず劣らず貴重な書物が大量にあった。

お洒落《しゃれ》をさせられたり、お出かけしたりしながらも、それを見逃すような昭月ではないのである。

長い裙裳《スカート》の裾をまくる勢いで、彼女は書房《しょさい》へと急いだのだった。

「小姐⁉」

控《ひか》えていた下女の叫びが、その足音を追うように遠ざかっていった。

第三幕　奇妙な宦官《かんがん》

昭月《しょうげつ》の胸は高鳴っていた。

それは建成《けんせい》の働きかけで、特別に天下の国子監《こくしかん》に聴講生として立ち入りを許されたからだ。

初めて後宮《こうきゅう》を出た日と同じように、この日は宦官《かんがん》用の灰色の服を着た。

基本的に、女人《にょにん》は国子監に立ち入ることができないらしい。宦官であれば小柄で声が高いことも、誤魔化《ごまか》しがきくというのが、建成の考えであった。

勿論《もちろん》、初日の宦官姿を黄天祐《こうてんゆう》に見られたというのが、最も大きな理由ではあるのだが。

ただ、こうなるまでには様々な紆余《うよ》曲折《きょくせつ》があった。

たとえば梁《りょう》夫人の反対などがそれである。

昭月を着飾りたがった夫人は大層残念がったが、昭月自身が国子監行きを望んだのが大きかった。

国子監は龐《ほう》の最高学府としての役割と、国内の全ての教育機関及び学生を管理するという役割がある。

「だから、特別扱いはできない。君はここでは、特別に聴講を許された宦官に過ぎないのだから。もし裕福な生活を望むなら、裕福な結婚相手を探すこともできる。おそらく姉も、それを望んでいるはずだ。それでも……国子監に行くことを選ぶのか？」

建成の重い問いに、昭月は即座に頷《うなず》いた。

そもそもが、奢侈《しゃし》を好む性格でもない。なにせ、好んで離宮の庭を畑に変えてしまうほどである。

建成の言う姉という言葉に胸が痛んだが、ずっと欲しかったものが手に入るかもしれない好機なのである。どうして目を逸《そ》らすことができるだろう。

昭月の決心が揺るがないと知ると、建成は残念そうにしながらもすぐさま手はずを整えてくれた。

場所は建成の邸《やしき》と同じ、務本坊《むほんぼう》の中である。

特別扱いになってはまずいということで、建成ではなく学生の一人に国子監を案内してもらうことになった。

邸に迎えに来たのは体格のいい無精ひげの男だった。年の頃は三十手前と言ったところだろうか。近づくと酒のにおいがする。

科挙《かきょ》には年齢制限がない。ゆえに国子監に在籍する生徒の年齢層もまた、広かった。

昭月が教わったばかりのたどたどしい拱手《きょうしゅ》をすると、案内の男は不機嫌そうに挨拶《あいさつ》を返してくる。しかし礼儀作法も試験科目のひとつであるため、その所作《しょさ》は完ぺきだった。だが酔っているのか、少しふらついているようにも見える。

男の最も印象的な部分は、その目だった。

冷たくまるで突き刺さるような、三白眼である。

国子監に所属しているからには、国中から集められた英俊《えいしゅん》の内の一人なのだろうが、とてもそうは見えない。

「初めまして。わた……僕は文昭明《ぶんしょうめい》と言います」

昭明とは、女であることを隠すために建成が考えた偽名《ぎめい》であった。

だがこちらが名乗ったにもかかわらず、男は何も言わず歩き出してしまう。

「国子監には、現在二つの科がある。明経科《めいけい》と進士科《しんし》がそれだ。元は秀才科もあったがこちらは廃止された」

「廃止された？」

昭月が問いかけると、男はそんなことも知らないのかとばかりに更に不機嫌になった。大股でずかずか歩くので、昭月は小走りになってそれに続く。

「秀才科は特に難関とされたが、故《ゆえ》に合格者が少なかった。我々が貢挙《こうきょ》（科挙の最終試験）を受けるためには刺史《しし》の推薦《すいせん》がいる。だが推薦した学生が落第すると刺史が責任を取らされるので、秀才科への推薦を嫌がる刺史が続出した。ゆえに明経科と進士科のみが残ったと聞いている」

「そんなことが……」

刺史とは州の長官を言う。

しかし狭い世界で生きてきた昭月には、想像もつかない話だ。

国子監に入る前の下準備として梁邸でこの世界の常識を学んだが、龐の地図を見せられ昭月は絶句してしまった。

世界はあまりにも広く、そして昭月の知っている世界は、あまりにも小さかった。

どこまでも無限に続いているように思えた安京《あんきん》の都すら、龐全体から見れば小石のように小さいのだ。

言葉をなくしている昭月を見て、男は嫌な笑いを浮かべた。憐《あわ》れむような見下《みくだ》すような、なんとも嫌な笑いだ。昭月は未だかつて、こんな顔をする人間を見たことがなかった。

「閹人《えんじん》は常識すらないと見える。だというのに、どうして祭酒《さいしゅ》様はよりにもよって明経科の聴講を許すと言うのか」

「どういう意味ですか？」

昭月は未だかつて、ここまであからさまに負の感情をぶつけられたことがなかったので驚いてしまった。

ちなみに天祐のことは、志を同じくする者を見つけたという喜びが優って、怒らせたという事実にすら気づいていない。

「いいか？　分からないというのなら教えてやる。秀才科なき今、古典を暗記解釈する明経科こそ、詩作を重要視する進士科よりも及第《きゅうだい》後は出世が見込める狭き門だ。ここにいる者たちは皆、誰もが血を吐くような思いでここで学ぶ権利を勝ち取ったというのに、お前はどうだ？　祭酒様の知り合いだからと言って、閹人だというのに聴講が許されるなど！　そんなことがあっていいはずがない！」

男はもはや笑《え》みなど浮かべていなかった。

肩を怒らし、その表情は憤怒《ふんぬ》に燃えている。

だが、昭月には男の怒りよりももっと気になることがあった。

「ということは、この世界には学問を志す方が沢山《たくさん》いらっしゃるということですか？　ここだけではなく、国中に⁉」

そう。彼女の興味は、入学をかけて争ったという大勢の学生の方に向いていた。

この反応は予想していなかったのか、男は呆《ほう》けたような顔をしている。

「はあ？」

「私が住んでいた場所では、学びの説《よろこ》びを知る人はいませんでした。国子監には、龐有数の学生が集《つど》っているということでしょう？　お会いできるのが楽しみです」

昭月の無邪気《むじゃき》とも呼べる反応に、男は完全に毒気《どっけ》が抜かれてしまったようだった。

男はため息を吐《つ》くと、参ったなとばかりに頭を掻《か》いた。

「黄天祐に喧嘩《けんか》を売った宦官というから、どんなつわものがくるのかと思えば、ただの子供じゃないか」

「喧嘩？　喧嘩など売っていません。そもそも、黄天祐とは誰ですか？」

「まったく、馬鹿馬鹿しい。お前は、常識もろくにないのか」

「はい！　常識が僕の最も苦手《にがて》とする分野だと認識しております。よろしくご指導いただければと」

この発言に、男はいよいよ啞然《あぜん》として動きを止めた。

「師兄《すひん》？　いかがされましたか？　師兄？」

動きを止めた男の前で、昭月は手を振った。

なにがしかの不調ならまずいと思ったのだが、男は気まずそうに昭月の手を目の前からどかすと、気まずそうにため息をついた。

「とにかく、お前が常識外れのやつということだけはよく分かった。ならばこれ以上なにも言うまい。お前のような奴ならば、この虎穴《こけつ》でもどうにか生き抜けるかもな」

「虎穴？　後漢書ですか？　『虎穴に入らずんば虎子を得ず』。班超伝《はんちょうでん》ですね。かつて班超将軍は、この言葉で部下を叱咤《しった》し三十六人の精鋭で匈奴軍《きょうどぐん》を打ち払いました。素晴らしい武勇です。そもそも班超将軍は使者として鄯善国《ぜんぜん》を訪れていたわけですが――」

「ああ、よく知っているからそれ以上は言わんでいい。とにかく、お前が書経好きの変人だということはよく分かった。四書五経を読み込む明経科にはうってつけということか。よおくわかった」

男は〝よおく〟の部分を妙に強調しながらそう言うと、髭面《ひげづら》で苦笑《くしょう》して見せた。

「さっきはいきなり怒って悪かったな。俺は阮籍《げんせき》と言う」

「阮籍師兄。改めてよろしくお願いします」

「師兄なんて呼ばないでくれ。柄じゃない」

まるで蠅《はえ》でも追い払うように手を振ると、阮籍はそれにしてもと腕組みをして昭月を見下ろす。

「これでも俺ぁ国子監では若い方なんだが、まさかこんなちびっこい同輩ができるとはな」

同輩と呼ばれたことに、昭月は深い喜びを感じた。

だが、阮籍はすぐにこわい顔になると、昭月に諭《さと》すように言った。

「だが、俺みたいなお人好しばっかじゃねぇぞ、ここは。なんせお前は、〝臥鼠《がそ》〟だからな」

「臥鼠とはなんですか？」

聞き覚えのない単語である。小さいものの喩《たと》えで使われる鼠が臥《ふせ》ていても、より小さくなるだけだと思うのだが。

昭月のある意味当然とも言える疑問に、阮籍は悪意に満ちた笑みを浮かべて言った。

「三顧《さんこ》の礼で迎えた臥龍《がりよう》が、実際には鼠じゃなきゃいいがって意味さ。なんでも黄は、祭酒に掛け合ってお前をここに来させたと言うぜ。やつの崇拝者《シンパ》は気が気じゃないのさ」

随分と砕けた物言いになったなと思っていると、阮籍は思わぬことを言い始めた。

ちなみに三顧の礼で迎えた臥龍というのは、三国時代に君主が三度《みたび》賢者のもとを訪れたことを言う。賢者は臥龍と呼ばれ、その後名軍師として君主を導いた。

だが鼠では、残念ながら君主を導くことはできそうにない。実物は大したものではないだろうと、阮籍は昭月をよく知りもしないで嘲《あざけ》っているのだ。

だが昭月は、阮籍にどう言われようともあまり気にならなかった。

彼女にとっては、侮蔑《ぶべつ》もまた書物の中の事であった。だから自分にそれを向けられても実感が伴《ともな》わない。悪意に対して、極めて鈍感《どんかん》であった。

「なるほど。ですが慣れれば、鼠もなかなか可愛《かわい》いですよ」

この返しには、流石《さすが》の阮籍も笑ってしまった。

彼は気の弱い宦官では黄天祐の崇拝者に潰《つぶ》されかねないと、あえて己が悪役を買って出て、新入りを追い返す心づもりであった。

だが、この者はどうやら簡単に潰されるような玉ではないらしい。

この幼いとも言える宦官がどうなるか見届けてやろうと、阮籍はにやにやしながら考えていた。

そうこうしている間に、二人はようやく国子監の入口にまでやってきた。つまり今までのやり取りは、国子監の敷地の外で行われていたということになる。

誰の筆《て》によるものか、見事な筆跡で『国子監』と書かれた牌楼《はいろう》をくぐる。左右に小さな屋根を持つ立派な門である。瓦《かわら》は灰色で、その重みを支えるために五手先斗栱《ときよう》と呼ばれる弓型の木材が軒下に六つ。左右の軒下にはそれぞれ二つずつつけられていた。

土壁に囲まれた四角い敷地には、松の木が植えられている。そしてその中心に、寺院のごとき巨大な本堂。屋根は高く、巨大な長屋《ながや》のような形状になっている。重く大きな屋根を支えるために無数の柱があり、柱の間に立てられた格子戸《こうしど》で外と中が隔《へだ》てられていた。その周囲を取り囲むように池が掘られている。

木造の建物の所々に河を登る鯉が彫り込まれているのは、大願成就《たいがんじようじゆ》の縁起物《えんぎもの》だからだろう。

後宮《こうきゆう》で生まれ育った昭月には飾りが少なくやけにあっさりして見えるが、その分荘厳《そうごん》に思えた。

「ここで日夜、学生の皆さんが研鑽《けんさん》に励んでおいでなのですね」

昭月がうっとりした口調で言うと、阮籍はまるで酢を飲んだような何とも言えない顔になった。

「まあ、なんだ。夢見るのは自由だわな」

大男がぼそりと呟《つぶや》くが、念願叶った昭月の耳には全く入ってこない。まるで栗鼠《りす》のように落ち着きなくあちこちを見渡している。目に映るものすべてが新鮮なのは勿論だが、これからの生活への期待に昭月の心は浮き立っていた。

「あちらの奥には、なにがあるのですか？」

我慢しきれず、今にも駆け出しそうになっている。

「不用意にうろつくなよ。あっちには祭酒公所《こうしょ》がある。平素は祭酒様の他に博士や助教がいらっしゃる、あそこでこの国子監の他に、太学《たいがく》、広文館、四門学《しもんがく》、律学、書学、算学の運営管理を行っているんだ。我が国の学問における中枢《ちゅうすう》だな」

阮籍が挙げたのは、それぞれ安京に散らばる教育機関の名であった。国子監より格こそ落ちるものの、それぞれが専門分野に秀でている。

科挙は明経科、進士科、明法《めいほう》科、明算科、俊才科の中から選択して受験することができるので、卒業生たちはそれぞれ己の得意分野で仕官の道を目指すことができた。

その中で、科挙に及第できるのは三年間に一度三十人のみ。

国の大きさと人口から考えると、自然競争は熾烈《しれつ》なものとなった。

阮籍の言葉に、昭月は黙り込んだ。よく見れば、その体は小刻みに震えている。

「どうした？　怖気《おじけ》づいたのか？」

阮籍が意地悪く問いかけると、昭月はゆっくりと顔をあげた。その顔にあったのはおそれではなく、まるで英雄が戦場に向かうときのような大胆不敵の笑み。

「楽しみです。僕はもっと学びたい。もっとたくさんのことを知りたい！」

さすがの阮籍も、これには苦笑を禁じ得なかった。

そしてこの宦官の登場で明経科がどうなっていくのかと、興味がそそられるのを感じた。

◇　◇　◇

これは思いもよらないことになった。

目の前で拱手する男を見上げて、建成は思った。

場所は国子監の中でも祭酒のために用意された祭酒公所と呼ばれる執務《しつむ》のための棟の一室である。

黒漆の卓子《つくえ》に向かって書き物をしていた建成は筆を置いた。

「それで、話とは？」

話があると建成のもとを訪れたのは、他でもない黄天祐であった。

たかだか学生の一人がそう簡単に祭酒に会えるものでもないのだが、実家が皇帝の覚えも目出度《めでた》い名門であれば、無下《むげ》にはできない。

建成は口からこぼれそうになるため息を堪《こら》えた。

なぜなら、天祐がこうして訪ねてくるのはこれが初めてではないからだ。それも一度どころか二度三度ともなれば、ため息の一つもつきたくなるのは当然であった。

彼がこうして訪ねてくるのは、例の昭月との一触即発の出会いから既《すで》に四度目の事である。

かつて建国の英雄は優れた参謀を得るために世捨て人を三度《みたび》訪ねたと言うが、三度断っても相手が諦《あきら》めない場合はどうすべきなのか、建成は後に歴史に名を残す軍師となったその世捨て人に尋ねたい気持ちであった。

「先日、祭酒様が連れてらっしゃった宦官の事です」

これもまた、建成が頭を痛めている原因であった。後宮を出るため宦官に変装していた昭月のことを、天祐はすっかり宦官であると勘違《かんちが》いしてしまったのだ。

そして宦官に己の至らぬ部分を指摘《してき》されたと思いこんだ天祐は、すっかり矜持《きょうじ》が傷つけられてしまった様子だ。

宦官とは、そもそもが宮刑《きゅうけい》を受けた者なのだから罪人である。そうでなければ異国から連れてこられた奴隷《どれい》か、あるいは貧しい生活から脱するため自宮《じきゅう》した者ということになる。そのどれであったにせよ、卑《いや》しい身分の出ということだ。

これは天祐の名門出身故《ゆえ》の選民主義というわけではなく、主に知識層に多い考え方であった。

それは宦官が体に欠損《けっそん》を持つからではなく、彼らが往々にして権力を握り、国を乱した例が多くあるためだ。

実際、先の皇帝である猴帝《こうてい》は後宮で過ごすことが多かったため、宦官もその恩恵を受けて、大いに権勢をふるった。

人を雇って各地で美女を誘拐《ゆうかい》させ、後宮に納めさせた。その女を猴帝が気に入るかどうかは重要ではなかった。後宮に入った女には俸禄が与えられるが、そのうちの何割かが女を連れてきた宦官の懐に収まるのである。故に連れてくる女の数は多ければ多いほどよく、そのせいで安京の街角からは一時《いっとき》女性の姿が消えたほどなのである。

それゆえ、今も安京の街には宦官への悪感情が根深く残っているのだ。

現皇帝が即位し、専横を極めた宦官の殆《ほとん》どは処分されたが、一度根付いた反感はそう簡単に消えるものではないのである。

さて、建成はここまで思考したところで現実からの逃避をやめにした。

いくら他のことを考えたところで、天祐は目の前から去ったりしないという当たり前の結論に至ったのだ。

「ああ。それがどうかしたか？」

昭月が宦官であるという天祐の思い込みを否定しないのは、彼女が先帝の娘であるということを隠すためだ。

本来ならば後宮を出たその日のうちに安京から出て遠方の知り合いにでも預けるべきであったが、宋娥《そうが》の要請があまりにも急であったため、建成はなんの用意もできていなかった。

そこにきて、目の前の男に目を付けられてしまったのである。

学生たちの中には天祐と盃を交わしたいと願う崇拝者のような者が少なからずおり、それらが昭月を見つけ出そうと常に建成の邸を見張っているのだ。

これでは昭月を遠くへ逃がすどころの話ではない。それどころか、外に連れ出すことすらろくにできない。

「老師《ろうし》。ぜひあの者と会わせてください」

「会ってなんとする？」

「私の方が優れていると、証明するのです。屈辱は雪《そそ》がねばなりません」

天祐の顔は真剣そのものだ。

今までなんでも淡々とこなしていた男だけに、この熱の入れようは意外であった。

「そんなことに何の意味があるのか。吏部試《りぶし》まであと一年。そのような些事《さじ》に心囚われている余裕があるのか」

吏部試というのは、科挙の最終試験である貢挙《こうきょ》の後に行われる、極めて貴族的な試験であった。

貢挙が国子監の上位機関である礼部《れいぶ》の管轄《かんかつ》であるのに対し、吏部試はその名の通り、宮廷内の人事を取り仕切る吏部によって運営される。学力というよりは礼儀作法や人となりを見る試験であり、この試験を経て科挙を及第した進士たちは宮廷内の各部署に配置されるのである。

本来は貢挙までが科挙であるのだが、この吏部試によって落とされる受験者も少なくないため、実質的な最終試験と言われていた。いくら優秀な成績で貢挙に受かろうが、吏部試に受からねば仕官は叶わない。

とはいっても、天祐は自身が貴族の出である。

立ち居振る舞いは文句のつけようもないほどで、建成も本当の意味で彼の及第を心配しているわけではなかった。

ただ、どんなに成績優秀な者であっても、思わぬところで躓《つまず》くことがある。

それが、国子監祭酒として長年学生たちを見てきた建成の考えである。建成はなにも、天祐が憎いわけではない。どちらかといえば優秀な学生であるから、このまま何事もなく己が望む道に進んでくれればと思う。

天祐と昭月両方のことを思い、建成のため息は深くなるばかりである。

「そうはおっしゃいますが、これは私にとっては大切なことです。おざなりにしては学問にも身が入りません」

「どうしてそこまであの者にこだわる？　力不足を覚えたのなら、勉学に励めばいい。宦官など取るに足らぬ相手と思うのなら、構わなければいいだけのことだ」

もう何度、天祐にこの言葉をかけたかしれない。

「いいえ。私はどうしても、あの者と正々堂々雌雄《しゆう》を決したく存じます。祭酒様のお知り合いなのでしょう？　どうかなにとぞ、私に雪辱《せつじょく》の機会をお与えください」

そのあまりに熱心な様子に、建成は返事をしあぐねていた。

普通であればただしつこいと天祐を叱りつけるだけでいい。幸い建成にはそれが許されるだけの力はある。

だがそれができずにいるのは、ひとえに学問を好む昭月の性質《たち》を知っているからだった。

それに昭月と会えば、目の前の男も少しは変わるかもしれないと思うのだ。

学生であれば、他人に無関心で狷介《けんかい》という性質であっても優秀であれば許されるが、及第して官吏《かんり》になった暁《あかつき》にはそうはいかない。

己も官吏として勤めた経験を持つ建成は、天祐に対してそう思わずにはいられないのだった。

宮廷は伏魔殿《ふくまでん》である。

どれだけ礼儀作法を学び志を教えようとも、官吏になった者の中には栄達のために手段を選ばない輩《やから》も多い。

そんな者たちの魔の手に落ちないためには、他者の考えを受け入れ、時には不平不満も呑み込む度量《どりょう》が必要だ。

官吏として仕官するまでに、天祐はそれらのことを学ぶ必要がある。

建成はかねがね、そう考えていた。

その思わぬきっかけが、もたらされるのだとしたら……。

こうして梁建成は、どうにか昭月を国子監に迎え入れる方法を、模索し始めたのである。

◇　◇　◇

明経科の房室《へや》に入ると、いくつもの視線が昭月に突き刺さった。

中にいたのは、長い立派な髭《ひげ》を持つ白髪の老人から若いが髭面《ひげづら》の酔っぱらいまで、幅広い年齢層の男たちだった。

その数三十人ほどだろうか。これまでこんなに大勢の人間に囲まれたことなどない昭月は、驚いてしまい、考えていた挨拶《あいさつ》の口上《こうじょう》を忘れてしまった。

それほど広くはない房室の中に、重い沈黙が落ちる。

「新入りが挨拶もなしか？　及第すらしていない我々に、媚《こび》を売る必要はないということか」

神経質そうな高い声を挙げたのは、眉間《みけん》に皺《しわ》を寄せた細い面長《おもなが》の男だった。案内をしてくれた阮籍とそう変わらない台詞《せりふ》ではあるが、漂《ただよ》う悪意と敵意は比べ物にならない。

昭月は慌《あわ》てて、先ほどより少しだけまともになった拱手をした。

「乾陵《けんりょう》より参りました。文昭明と申します。この度《たび》明経科での聴講を許されました。皆様よろしくお見知りおきのほどを」

乾陵というのは、安京から見て西北西にある山の上の陵墓だ。善政を敷いた先々代の皇帝夫妻を祀《まつ》っている。

昭月にとっては縁もゆかりもない場所だが、そこから来たという設定にしたのには建成の策略があった。

乾陵に埋葬《まいそう》された先々代皇帝は、名君として未だに国民からの尊敬を集めている。ゆえに、そこから来たと言えば蔑《ないがし》ろにはされないだろうというのが一点。

次に、世俗から離れた乾陵から来たということで、昭月の世間知らずを不審に思われないようにするためだ。

乾陵は三峰からなる梁山《りようざん》と呼ばれる山の山頂にあり、その山自体が禁足地《きんそくち》であるため下界《げかい》の人々にとっては謎に包まれた場所となっていた。

皇后が合祀《ごうし》されているため宦官が駐在していてもおかしくなく、昭月が出身地として挙げるには恰好《かっこう》の場所であった。

「なんと、乾陵から。はるばる、よう来たなあ」

白く長い髭を生やした老人が、建成の策略通り、昔を懐かしむように髭を撫《な》でる。

おそらく乾陵で眠る先々代皇帝の御代《みよ》を偲《しの》んでいるのだろう。

「老師《せんせい》。乾陵をご存じなのですか？」

房室の中で、最も年長なのはこの老人である。

さては彼が博士だろうかと昭月が問いかけると、彼は途端に笑い出した。

「はっはっは、間違えるのも無理はないが、儂《わし》は単なる学生じゃよ。成玄《せいげん》と言う。よろしく頼む」

驚いたことに、老人は一学生に過ぎないという。

これには昭月も驚いて、束の間、言葉を失ってしまった。しかし老いても学問を成そうとするその志に打たれ、感極まって拱手した。

「こちらこそよろしくお願いいたします。夫子《ふうし》はご自分のことをこうおっしゃいました。『憤《いきどお》りを発して食を忘れ、楽しみて以《もっ》て憂いを忘れ、老いの将《まさ》に至らんとするを知らず』と。寝食も心配事も忘れて学問を楽しみ、老いを忘れるというのは素晴らしい生き方です。ぜひ見習いたいと思います」

昭月が感極まったようにそう言うと、先ほど因縁《いんねん》をつけてきた男が歩み寄ってきて言った。

「流石《さすが》閹人だな。論語から引用するなんてあざといんだよ。媚《こ》びへつらうのは朝飯前というわけか」

「媚びへつらうとはどういうことでしょう？」

「そのままの意味だ。まさか自覚がないとでも？」

どうしてこの男はこんなことを言うのだろうか。昭月は首を傾《かし》げた。

昭月には、人の機微《きび》について未だに理解しきれない部分が多い。

男がどうしてそんなに苛立《いらだ》っているのか分からず、不思議で仕方なかった。

「どうしてそんなに怒っていらっしゃるのですか？」

「なっ……！」

直球そのものの問いに、男がたじろぐ。

昭月のその頼りない外見から、少し強く言えばそれだけで怖気づくだろうと男は考えていた。

彼の計算違いは、昭月がその怒りの感情自体を理解しなかったことだ。

勿論、昭月だって怒りは知っている。悪戯《いたずら》をして、宋娥に叱られたこともある。だが、それは理由あってのものだった。

初対面の相手からどうしてそんな悪感情を向けられねばならないのかと、昭月には不思議に思えて仕方なかったのだ。

「まあまあ、老いぼれの顔に免じて、そのぐらいにしておいてはどうか。もうすぐ博士もいらっしゃるだろうしのぉ」

成玄のとりなしに、男は舌打ちをして引き下がった。

騒ぎはこれで終わりかのように思われたが、男は最後に一言、忌々《いまいま》しそうに捨て台詞《ぜりふ》をはくことも忘れなかった。

「精々恥をさらすがいいさ。お前なんか天祐様の朋として相応《ふさわ》しくない」

天祐の名が出たことで、房室の中の空気が微妙に変化する。

その名に心当たりのない昭月だけが、またしても首を傾げている。

「何の話をしている？」

その時、石磚《れんが》の床を男が滑《すべ》るように房室に入ってきた。

体重を感じさせない動きで、見る者に気品を感じさせる。

「なんの騒ぎだ？」

襄公《じょうこう》二十三年の人だ——昭月は思った。

彼女はあの時の男の名を知らないままだったのだ。

昭月に因縁を付けていた男が、先ほどまでの態度など嘘のように天祐に擦り寄る。天祐はこの時、講義を行う博士と共に房室に到着した。彼は房室の中に見慣れぬ人物がいることに気付き、足を止める。

「お前は……っ」

天祐の鋭《するど》い眼光が昭月に突き刺さった。

「天祐様が気にされるような相手ではありません」

擦り寄った男は、いかに昭月がつまらない存在か説明したがっているようだった。だがその声は、厳《いか》めしい五十がらみの博士によって遮《さえぎ》られた。

「全員揃《そろ》っているな。それでは講義を始める」

そう言うと、博士は昭月を見て言った。

「お前が文昭明だな。話は聞いている。己が特別に聴講を許されていることを、ゆめゆめわすれるでないぞ。私は特別扱いはせんからな」

どうやら、博士も昭月の聴講をよく心思ってはいないようだ。

しかしだからと言って、昭月の情熱が折れるはずがない。

「はい！」

彼女は元気よく返事をすると、希望を抱いて博士の講義に参加したのだった。

◇　◇　◇

初めての講義に、昭月は興奮を抑えきれなかった。

教官役である博士の口からどんな言葉が飛び出すのかと、前のめりになって耳を傾けていた。

だが、ここで不幸な誤解が生じた。

先ほどの博士が、今か今かと待ち構える昭月の雰囲気を感じ取り、よもやこの宦官は祭酒が寄越《よこ》した査察官ではないかという疑いを持ったのだ。

通常であれば、彼はそんなことなど思いつきもしなかったに違いない。それに思いついたとしても、昭月の幼い風貌《ふうぼう》を見れば己の思い違いだとすぐに納得したことだろう。

だが彼は、ついさきほどまで黄天祐と共に歩きながら話をしていた。

そこで偶然にも、祭酒の肝《きも》いりでやってきた若き宦官が議題に上ったのである。

きっかけは博士の何気《なにげ》ない一言だった。

「そういえば今日の講義には宦官が参加するらしい。祭酒様の戯《たわむ》れにも困ったものだ」

博士はほんの軽い気持ちで、黄天祐にそうぼやいた。

軍門であれ、皇帝に長く仕える一族の出身である。宦官のことをよくは思っていないだろうと、そう問いかけたのだ。

だが、黄天祐の反応は博士が思っていたものとは全く逆だった。

「戯れなどとんでもございません。私がどれほどこの日を待ち望んだことか」

「は？」

博士は思わず足を止めた。石礴の上でコツコツと響いていた足音の片方が消える。

隣に並んでいた黄天祐だけが、先へと進んでいってしまう。

「ま、まて。それはどういうことだ？」

博士の問いに、黄天祐は少し考えてからこう言った。

「ご自分の目でお確かめになられるのがよろしいかと存じます。私も最初は信じられませんでした」

この男は、圧倒的に言葉が足りない。

それだけ言うと、あろうことか博士を置いて先に行こうとしたのだ。まるで、講義が始まるのが待ちきれないとでもいうように。

それを聞いた博士は、速足になり優秀な教え子の後を追った。

この天才にそこまで言わせる宦官とは一体どれほどのものなのかと、おそれにも似た感情を抱きながら――。

というわけで、博士が必要以上に疑心暗鬼《ぎしんあんき》になっていた感は否めない。

そうなってくると、昭月の見た目の幼さも悪い方に作用した。

科挙には時折、彗星《すいせい》の如く、若くして及第する者が現れる。十九で及第した現祭酒の梁建成もその一人で、彼はそれなりの家柄に生まれさえすれば、もっと早く及第したはずだともっぱらの評判だった。

それだけに、見た目の年齢だけで中身を判断することはできないと、博士はよく分かっていた。

そこで彼は、まず相手の実力を試すことにした。

それも少々、意地の悪い形で。

「君が文昭明か。話は聞いている。才気煥発《かんぱつ》で特別に聴講を許されたらしいが、私は君を知らない。そこで簡単な問題を出させてもらおう。答えられなければ、私の講義を聞くには値しないと心得よ」

「はい」

脅《おど》しのような問いに、昭月はわくわくしながら返事をした。

答えられなかったらどうしようと思うよりも、どんな問題を出されるのかという期待の方が大きく上回っていた。

だが、その態度がまた悪い方に作用した。

軽く脅して本性《ほんしょう》を見てやろうと考えていた博士には、昭月が余裕綽々《しゃくしゃく》で己のことを軽んじているように思えたのだ。

「では、今から出す問いに口義《くぎ》で答えよ」

「分かりました」

「論語の憲問《けんもん》第十四の二十三の原文と、その解釈を述べよ。また、孔子への質問者の職業は何か」

房室の中が、ざわりと俄《にわ》かに騒がしくなった。

出典である論語は、四書五経の中でも基本であり最も早く学ぶ書物であるから、学力を見るお題としては相応しいと言える。

ただ問題があるとすれば、それは設問の難しさにあった。

普通、科挙本番の口義ですら一文の内三文字を隠してそれを答えるという形式である。それなのに、博士は昭月に原文を答えよと言った。それは一文丸々答えということだ。

これだけでも難易度の高い設問と言えるが、博士は更に解釈と質問者の職業まで答えろと言う。

これは四書五経を丸々暗記しているような成績優秀者でも、それらを全て答えられるかどうかはあやしいところであった。

博士はこの宦官を追い出そうとしているのだと、学生たちは低い声で囁《ささや》き合う。

「鎮《しず》まれ！」

黄天祐の一喝《いっかつ》に、房室内が静まり返る。

昭月はまっすぐに博士を見つめた。その目は爛々《らんらん》と輝いている。

気圧《けお》されたのは博士の方だ。

「はい。『子路《しろ》、君に事《つか》えんことを問う。子曰《いわ》く、欺《あざむ》くこと勿《な》かれ。而《しか》してこれを犯せ』。子路が主《あるじ》にどう仕えればよいかと問うと、孔子様は『君を侮《あなど》ってはいけない。十分の敬意を尽《つく》した上で、場合によってはごきげんを損《そん》じようとも面《おもて》を犯して諫《いさ》め争《あらそ》え』とおっしゃいました。最後に子路のご職業をおたずねでしたが、子路は元々やくざ者でしたが、のちに衛《えい》に仕官し蒲《ほ》の大夫《たいふ》になられました」

それはほぼ完ぺきな回答と言えた。

質問者である子路は孔子の弟子となり、仕官して大夫となった。だが昭月は彼がやくざをしていたことまで答えて見せたのである。

房室の中は騒然となった。

子路の前職については不名誉であるから隠されていたので、昭月の回答が合っているのか確かめようと周囲の者に尋ね合う。

昭月がその事実を知っていたのは、ひとえに後宮《こうきゅう》内の、城外にいては手に入らないような書物を手当たり次第に読んでいたからであった。その中には、時代の変遷《へんせん》によって発禁になってしまったような書物も含まれていたのである。

そして質問をした張本人である博士もまた、呆気《あっけ》に取られて立ち尽くしていた。

多少の心構えはしていたものの、まさかここまでとは思っていなかったのだ。

昭月には事前に、論語が出題範囲であるとすら伝えていなかった。つまり彼女は、四書五経の他の書物についても、同様の精度で回答できるということになる。

　基本の書である論語だからこそ精緻な回答ができた可能性もあるが、どちらにせよ、只者《ただもの》ではないと博士は恐怖を覚えながら目の前の宦官を見つめた。

　それからどうなったかというと――。

◇　◇　◇

　明経科では帖経《ちょうけい》と経問《けいもん》が重んじられる。

　帖経とは経書、あるいはその「正義」から三文字隠した一行を提示し、隠した三文字を当てさせる試験である。

　一方経問は、経書に含まれる語句に対する質問に答えさせる試験で、口頭で答えるものを口義《くぎ》、筆記で答えるものを墨義《ぼくぎ》と呼ぶ。

　科挙でもこれらの試験が行われるため、明経科の講義内容は四書五経及びその注釈について書かれた「正義」と呼ばれる書物の理解と暗記に尽きた。

　国子監までくるような者たちは皆、それこそ幼い頃から家庭教師がつき、毎日のように書経を読んで書いて頭に叩き込んできた者たちだ。

だが、それでもやはり科挙は狭き門であり、国子監の学生全員が合格できる訳ではなかった。

明経科、進士科合わせて七十名ほど。そこに外部からの者を含めて受験生の総数は二百名ほどになるが、その中から受かることができるのは三年でたった三十人たらずなのだ。

故《ゆえ》に、国子監内の学生の様子は昭月が夢見た朋《とも》というよりは、雌雄を決する敵同士といった趣《おもむき》が強かった。

しかも、基本的に国子監に入れるのは原則として三品《さんぼん》以上の子弟のみである。家同士の力関係などもそこに加わり、いかにもややこしい人間関係が存在していた。

持ち物を隠し隠されるというような他愛《たあい》もない嫌がらせは日常茶飯事で、博士たちも学生間の諍《いさか》いには介入《かいにゅう》しないため、事態はひどくなる一方だった。

特に今年は科挙の本番が一年後に迫っているだけに、学生たちの追い込まれようは尋常《じんじょう》ではない。

彼らは、家族だけでなく一族の期待を一身に背負っているのだ。

だが昭月は、彼らの事情を酌量《しやくりよう》などしないし、しようとしてもできないのだった。

ゆえに、このようなことが起きる。

「あなたは四書五経の中で、どの書物がお好きですか？」

「う、うわぁ」

朋を作ろうと、昭月は奮闘《ふんとう》していた。

なにせ人生で初めての集団生活である。更には後宮で生まれ育ったので、男という生き物そのものが未知の存在だ。

昭月の生きる上での指針である書物にも、友達の作り方を書いたものなどない。ゆえに昭月は、己の野望のために手探りでこうしてなんでもやってみるしかなかった。

だが――。

「わ、悪いが関わらないでくれないかっ」

そう言って、声をかけた相手は足早に去って行ってしまう。

またダメだったと、昭月は肩を落とした。

そう、彼女の頑張りがないがしろにされるのは、なにもこれが初めてのことではなかった。

明経科三十人。生まれも境遇《きょうぐう》もそれぞれだが、更には前述の理由によって彼らの間に流れる空気は極めて殺伐《さつばつ》としている。

しかしだからと言って、互いに同じ目標に向かい合う者同士、言葉も交わさないなどと言うことはもちろんない。

では昭月がどうして先ほどのように忌避《きひ》されてしまうかというと、それには理由があった。

「よう、また逃げられたな」

昭月に声をかけてきたのは、最初に国子監を案内してくれた阮籍だ。その顔には笑みが浮かんでおり、初対面の時の冷たい印象が嘘のように思えた。三白眼《さんぱくがん》のように思われた目も、今は黒目が大きく柔和《にゅうわ》に見える。

「お前もめげないなあ。明経科は半分が黄天祐の走狗《そうく》だというのに」

「走狗？　黄天祐師兄が越王《えつおう》だと言いたいんですか？」

走狗とは、春秋時代の越王勾践《こうせん》に仕えた范蠡《はんれい》が用いた言葉である。勾践は苦難の末に父の仇を打ち倒したが、敵がなくなると諫言《かんげん》を聞き入れなくなってしまった。

元は彼の父に仕えていた范蠡は勾践のもとから去り、いよいよ国が危うくなると勾践のもとに残っている友の文種《ぶんしょう》に手紙を書いた。

『狡兎《こうと》死して走狗《そうく》烹《に》らる』

うさぎが死ぬと、猟犬《りようけん》も不要になり煮て食われる。どんなに尽くした功臣も戦争が終わり用がなくなれば死ぬしかないという意味だ。

范蠡が危惧《きぐ》した通り、文種は勾践から死を賜ってしまった。

現在では転じて腰ぎんちゃくのような意味でも使われるが、原典しか知らない昭月が首を傾げるのも無理からぬことであった。

「権力に酔うようなお方には思えませんでしたが……」

「忘八端《ばか》。そういう意味じゃねーわ」

言いつつ、阮籍は愉快そうに笑った。

昭月が聴講生となり、既にひと月近くが経過していた。

流石《さすが》国内最高峰の教育機関での講義というべきか、その内容は昭月の学習意欲を十分に満たすものであった。

そしてその一方で、彼女自身の見識の高さが周囲を驚かしてもいた。

宦官は、学力が足りないというのが世間の通説だ。それはなぜかと言うと、科挙での出世を諦めた者が唯一《ゆいいつ》の栄達の手段として宦官という道を選ぶからだ。

なので宦官のなり手を募集すると、自宮しなければならないという大きな壁があるにもかかわらず、募集人員に対して百倍近い応募がある。

科挙での仕官を志す者たちは、そんな宦官の希望者たちを努力を放棄《ほうき》したものとして軽蔑《けいべつ》しているのである。

だが、実際のところ昭月は栄達を願って自宮した宦官ではなく、それどころか存在が明らかになれば公主《こうしゅ》として功臣に降嫁《こうか》させられるような立場だった。

そんな昭月がこうして宦官に身をやつし国子監に通っているのは、まさしく運命のいたずらと言う他ない。

とにかく、独学とはいえ幼い頃から後宮にある希少な書物で勉強し続けた昭月の知識は、途方もないものだった。

初日に答えられるはずのない問いに答えて以来、周囲の彼女に対する態度はがらりと変わった。

宦官だからと馬鹿にされなくなったのはいいが、近づくとまるで鬼《ゆうれい》でも出たかのように逃げられてしまう。

朋を作るという昭月の目的は、見事にとん挫していた。

現状はと言うと、阮籍などの少数の変わり者は相手にしてくれるが、その他には避けられるという体たらくである。

あれ以来、講義を行う博士もよそよそしく、その態度が学生たちの恐怖をより煽《あお》っているのは間違いなかった。

「お、噂をすればだな」

阮籍が立ち止まる。何事かとその大きな背の後ろからひょっこり顔を出すと、その向こうに黄天祐の姿があった。

彼は相変わらずの仏頂面《ぶっちょうづら》で、学友たちを引き連れ歩いていた。阮籍が走狗と評した者たちである。

昭月から見るといっぱい朋がいて羨《うらや》ましい限りなのだが、不思議なことに本人はちっとも楽しそうではない。

天祐もこちらに気づいたのか、集団の動きが止まる。

黄天祐の隣からこちらを鋭い目つきで睨《にら》みつけてくるのは、初日に昭月にきつく当たった男だった。

自然と、無言の睨み合いになる。

どうして険悪《けんあく》になっているのか分からず、昭月は首を傾げるばかりだ。

本当なら今すぐあちらに駆け寄って注釈談義の一つもしたいところだが、流石にそんな空気でないことぐらいは分かる。

というか、本当はあちらに行こうとしたのだが、目の前に立ちはだかる阮籍に肘打《ひじう》ちされて止められたのだ。

どうやら彼は世話好きな性格らしく、聴講を始めてから何度もこうして窘《たしな》められていた。

しばらく無言の睨み合いが続いていたが、その状況を打開したのは思わぬ人物であった。

「おやおや各々方《おのおのがた》。こんなところで酒宴の相談ですかな？」

やってきたのはいかにも好々爺《こうこうや》じみた成玄だった。

博士よりも博士らしい見た目の彼もまた、この国子監の立派な学生である。

「なにを馬鹿なことを……行きましょう天祐様」

気を削《そ》がれたのか、目の前の集団は去って行ってしまった。

昭月は残念に思った。今日こそ天祐と書経の注釈について意見を交わしたいと思っていたので。

だが、こんな状態ではとてもではないが難しそうだ。

いくら他人の機微に疎《うと》い昭月でも、それぐらいのことは分かる。

「老師。助かったよ」

昭月が老師と呼んで以来、阮籍は成玄のことを老師と呼ぶようになった。

なんとなく納得しがたい気持ちで、しかし昭月もまた成玄のことを老師と呼んでいた。

なにせ心に思い描いていた儒学の祖に、成玄はそっくりなのだ。これで古式ゆかしい深衣《しんい》でも着ていれば、そのものではないかと思ったりもする。

「こんにちは老師。先日のことといい、あの方たちには孝悌《こうてい》の心はないのでしょうか?」

孝悌の心とは、親兄姉などの年長者を敬《うやま》う教えである。儒学においては基本的な考えとされる。

成玄にまでひどい物言いをする男に、昭月は憤慨《ふんがい》していた。

「はははは。まあそう怒るでない。何嬰《かえい》は苦労して国子監に入った口じゃ。儂《わし》のようにいつまでも諦めきれず学生の身に縋《すが》りつく者が許せんのだろう」

二人の間にしんみりとした空気が流れた。

ちなみに二人というのは阮籍と成玄のことで、勿論、昭月は含まれていない。

「あの、何嬰というのはどなたのことでしょう?」

この質問には、流石の二人も無言になった。

「ま、まさか認識すらしてなかったのか!? ここひと月毎日のように難癖《なんくせ》付けられていただろう?」

「難癖、ですか?」

昭月は首を傾げた。記憶力はいい方だが、いくら問われても思い当たる節《ふし》がない。

その反応に、阮籍は肩を落として言った。

「俺ぁ何嬰のやつに同情するぜ」

「偶然だのう。儂もじゃ」

阮籍と成玄は意見の一致をみたようである。

一方、昭月は、話の成り行きが一向に理解できずにいた。

「ど、同情⁉　僕はその何嬰師兄という方に、一体何をしてしまったんですか？」

「何をしたというか、逆に何もしなかったというか、興味がなかったというか」

阮籍の物言いは哀れみに満ちていた。

「お前、黄天祐は認識してるんだろう？　いつもあいつに引っ付いてる男だよ。いつも睨まれているだろう」

昭月の脳裏に、一人の男が浮かぶ。

そう言われてみれば、確かに黄天祐といつも一緒にいるかもしれない。睨まれているかどうかは別として。

そして名前と顔が一致した今も、どうして二人が彼に同情しているのか理解できない昭月であった。それに、もう一つ腑《ふ》に落ちない点がある。

「あの、何晏師兄が国子監に入るのにご苦労なさったというのはどういうことでしょう？　僕の見る限り、あの方は国子監で学ぶに足る十分な学問を身につけておられると思うのですが……」

名前こそ知らなかったが、講義中の様子から昭月は何晏を優秀な人物として認識していた。

できれば書の解釈について意見を交わしたかったが、会うたび睨まれていたので断念していたのだ。

昭月の問いに阮籍は成玄と顔を見合わせると、心なしか言いづらそうに口を開いた。

「あー、まあよくある話なんだが、何晏は妾《めかけ》の子なんだ。何家は名門だが、嫡《ちゃく》子《し》は他にいる。何家の当主は嫡子は蔭位《おんい》の制で仕官させたが、何晏にはそれを認めなかった。だからあいつは科挙を受験して自らの力で仕官しようとしているわけだ」

阮籍の言葉を、成玄が継ぐ。

「然《さよう》。一方で、儂は長子でありながら及第の夢が捨てられず、家は弟に任せてこの年までふらふらしておる。あの者からすれば、許し難いということなのだろう」

ここで初めて、昭月は何嬰や成玄が国子監に通う理由を知った。世の中の家長制度について、昭月が知っていることは極めて少ない。勿論、知識としては知っているが、家族というものに全く関わりなく生きてきたため実感を持つことは難しかった。

「はあ……僕は両親の顔も知らないのでよく分かりませんが、家というものはなかなかに大変なものなのですね」

何気なく放った一言だったが、これにはいつもひょうひょうとしている阮籍、成玄共にぎょっとする。

昭月は母に仕えていた宋娥の手で育てられたので、出家《しゅっけ》した母にも、生まれる前に死んだ皇帝の父にも会ったことがない。

今までそれで不自由をしたこともなかったのであまり気にしなかったのだが、世の中ではどうやら血のつながりというものが重要になるらしい。

一方で、昭月を頭のいい宦官だと思っている阮籍と成玄にしてみれば、昭月の発言はいささか違った意味を持つ。

昭月の年齢で宦官になっているということは、すなわち貧しさに耐えかねた両親に売られたか、あるいは親族の罪に連座して宮刑を受けたという可能性が高い。

その上で両親の顔を知らないということは、物心つく前に己の意思とは無関係に宦官という未来を定められたことになるのだ。

昭月の頭脳ならば科挙によって一般からの仕官も叶ったと考えれば、彼の運命は何とも悲劇的で痛ましく思われる。

「あー……その、なんだ。悪かったな。最初にひどいこと言って」

「ひどいことですか？」

頭を掻きながら居心地が悪そうにしている阮籍に、昭月は首を傾げた。

「祭酒様の知り合いだから、聴講が許されてるんだろうって言った件だ」

「ああ。それはひどいもなにも、事実ですし」

「そういうことじゃなくてな……俺は最初、お前が遊び半分できているなら講義が始まる前に追い返してやろうと思った。その方がお前のためになるからとな」

「え、そうだったのですか？」

そんな認識はなかったので、昭月からすれば驚きの新事実である。

一応あからさまに脅したつもりだったんだがと、阮籍は弱々しく笑う。

「だが、お前は俺の脅しなんてちっとも気にせず、むしろ他の学生に会うのが楽しみだと宣《のたま》った。とんでもないやつだと思ったよ。面白そうだから、少しぐらい手助けしてやるかって思った。まったく、俺は何様だってんだよな。お前は自分の環境にめげず、しっかり勉強してたって言うのによ」

どうやら阮籍は、気落《きお》ちしているようである。それくらいのことは昭月にも分かる。

しかしどうしてそうなってしまったかが理解できず、困惑《こんわく》が先に立つ。

「ええと、手助けしようと思ってくださったのなら、僕は嬉しいですよ。だからそんなに落ち込まないでください」

必死に言い募《つの》るが、屈強《くっきょう》な阮籍の肩がみるみる落ちていく。

どうしようかと成玄に目をやると、老人はやれやれ仕方ないなと言う顔をして己の髭を撫《な》でた。

「それよりも昭明。今日は弓の講義があるが、予習はしてきたのか？」

話題を変えようとした成玄の一言に、昭月は満面の笑みで答えた。

「はい！　礼記を読み込んできましたから」

このとき、昭月は大きな勘違いをしていた。

それは弓の講義を、そのまま弓についての歴史や礼儀作法について学ぶ講義と思い込んでいたことである。

彼女は知らなかったのだ。

国子監での講義に、弓の実技が含まれていることなど。

◇　◇　◇

官吏にとって、弓の技術は必須《ひっす》であった。

礼記にも射礼《しゃれい》という弓についての記述があり、それによると官吏が行う射礼は四つの種類に分けられる。大射礼《だいしゃれい》、燕射礼《えんしゃれい》、賓射礼《ひんしゃれい》、郷射礼《きょうしゃれい》がそれである。

それぞれ、大謝礼は儀式のためのもの。燕射礼は宴《うたげ》の余興としてのもの。賓射礼は賓客《ひんきやく》を迎えるためのもの。郷射礼は衆庶《しゅうしょ》を励ますためのものという区分けがあり、時には飲酒をして弓を射る必要があったため、相当の鍛錬《たんれん》が必要であった。

昭月も知識としては弓について知ってはいたものの、当然、射たこともなければ人が弓を射るのをみたこともない。

だから、こんなことになるとは全く予測していなかったのだ。

「なんだ、その構え方は！」

武官上がりの射礼の教官が、割れ鐘《がね》のごとき声で怒鳴り散らす。

「なんだ、その駱駝《らくだ》のような背中は！」

及び腰になっていた背中をぴしりと棒で叩かれ、バランスを崩した昭月は顔から土に突っ込んでしまった。

場所は国子監の敷地内にある弓射《きゅうしゃ》用の訓練場である。そこでは明経科の面々が列を作り、己の順番が来ると的に向けて矢を射ていた。

いかにも、弓射の講義とは実地の授業なのである。借り受けた訓練用の弓は重く、昭月にしてみれば持ち上げるだけで一苦労だ。

己の番になり見様見真似《みようみまね》で弓を引いてみたものの、姿勢から何から話にならないので、怒った教官に先ほどからずっと棒で叩かれたりつつかれたりしている。

宦官嫌いは、武官にも共通している。

むしろ、言葉で解決しようとする文官よりも、武力を担当する武官の方が宦官に対する感情には複雑なものがあるかもしれない。

更には、官吏候補生を公然としごけると思って教官の職を引き受けたにもかかわらず、そこに武門の名門子息がいたことで、目論見《もくろみ》が外《はず》れて彼は日ごろから鬱憤《うつぷん》を募《つの》らせていた。

その全てが今、八つ当たりのように昭月に向かった形だ。

いつもは前向きな昭月も、流石にこの事態には困り果てていた。倒れた拍子《ひようし》に額を切ったらしく、土の上に赤い水玉模様ができた。視界が霞《かす》み、本当に死ぬかもしれないと思った。

その時だ。

「気合が足らん！　さっさと立たんか！」

叫ぶ教官の後ろに、長身の影が見えた。

（阮籍？）

薄れゆく意識の中で、昭月はその影の持ち主を誰何《すいか》した。

「止めろ。それ以上は死んでしまう」

その声は阮籍のそれではないような気もしたが、昭月が意識を保っていられたのはそこまでだった。

第四幕　初めての嫉妬《しっと》

「よかった。目を覚まされたのですね」

昭月《しょうげつ》が目を覚ますと、そこにいたのは世話になっている梁家《りょうけ》の下女《げじょ》だった。彼女は急いで夫人を呼びに行き、今に至る。

「それにしても、女孺《おんなのこ》がこんなひどい目に遭《あ》わされるなんて」

体を起こそうと思ったが、全身が痛んで身じろぎすらできない。

そんな昭月を、梁夫人は痛ましそうに見下《みお》ろした。

「これで分かったでしょう？　もう国子監《こくしかん》に通うなんてやめた方がいいわ」

悲しげな顔をする夫人に、昭月の胸は痛んだ。

確かに、恐い思いをしたし本気で死ぬかもしれないとも思った。弓が全くできない自分に絶望もした。

けれど、不思議なことに学生をやめたいとは欠片《かけら》も思わなかった。

「いいえ。確かにひどい目に遭いましたが、それは弓射《きゅうしゃ》について調べを怠《おこた》った私がいけないのです。今回のことで、紙上に兵を談ずと申しますが、それがいかに悪いかということを学びました。戦国の時代、趙括《ちょうかつ》は兵法論議に優れておりましたが、父である趙奢《ちょうしゃ》は決して彼を認めませんでした。やがて将軍に任じられると、趙奢の案じた通り趙括の指揮した軍は大敗を喫《きっ》し戦死したと――」

元気に歴史上の故事《こじ》を語り始めた昭月に対し、梁夫人は彼女がちっとも懲《こ》りてないことを知った。

そこに知らせを受けた建成《けんせい》が飛び込んでくる。彼は汗をかいて息を乱し、その顔色は紙のように白くなっていた。

「まあ、旦那様《だんなさま》。今日はお戻りにならないと聞いておりましたのに。昭月はこの通り元気にしておりますわ」

梁夫人の報告を聞き、建成は息を落ち着けながら昭月を見た。

だが昭月が無事だと知っても、建成の顔色の厳しさは変わらない。

「ああ、それはよかった。悪いが昭月と二人にしてもらえるかな？　事情は後で話す」

建成がそう言うと、夫人は昭月を案じつつも房室《へや》を出て行った。

一方、そんな建成の雰囲気に、昭月もただならぬものを感じ息を呑んだ。

問題を起こしたため建成に迷惑をかけてしまったと思うと、先ほどまでうんちくを語っていた元気はどこへやら。昭月は肩を落とした。

もしこれで国子監行きを禁止でもされたら、そんなに辛《つら》いことはない。

建成は梁夫人が座っていた椅子に腰かけると、自らも昂《たかぶ》った気持ちを落ち着けるかのように黙り込んだ。

房室の中を気まずい沈黙が支配する。

どう謝罪すればいいかと考えていた昭月だったが、建成の口から出た言葉は想像よりも更に残酷なものだった。

「昭月。落ち着いて聞いてほしい。大姐《あねうえ》が身罷《みまか》られた」

その瞬間、昭月の頭の中は全てが吹き飛んで真っ白になった。

一瞬、誰のことを言っているのか理解することを頭が拒否した。

建成の姉とはすなわち、昭月の育ての親である宋娥《そうが》に他ならない。

「うそ……」

それ以外に、言葉が出なかった。

後宮を出る時に今生《こんじょう》の別れを覚悟したが、それでも相手が生きているのと死んでいるのでは全く違う。

打撲《だぼく》の痛みなど比べ物にならないほど、昭月の胸は軋《きし》んだ。

宋娥は確かに、優しいだけの人ではなかった。書にばかり熱中する昭月に業《ごう》を煮やし、書を隠してしまったこともある。

けれど、昭月が熱を出せば寝ずに看病してくれたし、初めて千字文を暗唱できた時にはすごいと褒《ほ》めてくれた。字の書き方や道具の使い方、生きるために必要なことを教えてくれたのは全て、宋娥だった。

昭月にとって彼女は母であり、父であり、師であり世界そのものだった。たとえ離れていても、それは変わらない。世界は広がったけれど、その根元にはいつも彼女がいた。

「どうして、ですか？　確かに宋娥は高齢でしたが、とても元気で……」

問いかける昭月の声が、途中で掠《かす》れる。

少し前に水を飲んだはずなのに、喉《のど》が張り付いてうまく言葉を続けることができなかった。

自分がいれば、なんとかできたのではないか。宋娥は死なずにすんだのではないか。ありえないもしもが、ぐるぐると頭の中を回遊《かいゆう》する。

「報せの者が言うには、後宮《こうきゅう》内で倒れ、発見された時には既《すで》に冷たくなっていたそうだ。これといった外傷はなく、おそらく病死だろうと。だが――」

建成は、最後に言葉を途切れさせた。

続きを強請《ねだ》るように、昭月は痛む腕を伸ばし、建成のゆったりとした服を摑《つか》んだ。

心身ともに打ちのめされている昭月に己の憶測《おくそく》を話していいものか建成は迷い、しかし隠し立てはできないと諦《あきら》めるように口を開いた。

「私は殺されたのだろうと思っている」

建成の推理《すいり》を、否定することはできなかった。

実際、宋娥は、昭月がこのまま後宮にいては危険だからと建成のもとに預けたのだ。

タイミングから考えて、建成がそう考えるのも無理からぬことであった。

「一体誰に……」

　後宮を出される理由について、宋娥は昭月に詳しい事情を説明しようとはしなかった。確か大家《こうてい》につかまるなと言っていたような気がするが、ではなぜ皇帝が昭月を欲しがるというのか。

　そして建成もまた、昭月と同じように詳しい事情を知らされてはいなかった。ただ後宮にこのまま置いておくと大変なことになるからと、昭月の身柄を託《たく》されたのだ。

　宋娥に安京《あんきん》から離れた街に連れて行くよう言われていたが、建成は昭月の希望を受け入れて彼女に国子監の講義の聴講を認めた。

「正直なところ、私も困惑《こんわく》している。大姐から昭月を託されはしたが、彼女は詳しい事情を話したがらなかった。それに、これは言い訳になってしまうかもしれないが、大姐からは命が危ないというような類《たぐい》の危機感は感じられなかったのだ」

　そう言って、建成は己の袂《たもと》から小さく折りたたまれた紙を取り出した。

　少しよれてはいるが、黄金色に染められた紙は皇城《こうじょう》で使われる最高級のそれに違いない。

「少し前に大姐からきた手紙だ。これには、君が前皇帝の娘だから、現在の皇帝に居場所が知れると政治的に利用されてしまうかもしれないという懸念《けねん》こそ綴《つづ》られているが、命の危険を感じさせるような記述はない」

建成は子供の頃から宋娥と離れて暮らしてきたため、その口調《くちょう》はどこか事務的だ。狼狽《ろうばい》しているのも、宋娥を悼《いた》んでというよりは昭月を狙う者がいるかもしれないという恐れのためだろう。

しかし昭月は、そうではない。

差し出された手紙をひったくるようにして手に取ると、急いでそこに書かれた文章を目で追った。

見覚えのある美しい筆跡《て》で、姉弟だというのに堅苦しい定型文から始まった手紙からは確かに、死ぬかもしれないという危機感は感じ取れなかった。

昭月はその紙面を何度も指でなぞる。そこに宋娥の温もりが残っていないかと、滓《かす》かな名残《なごり》を探してしまう。

今年の初め、母の死を聞かされた時よりも、昭月はよほど悲しかった。どうして宋娥が殺されなければいけなかったのかと思うと、悔《くや》しさで息もできないほどだった。

泣くのを堪《こら》えている昭月を見て、建成はそっと立ち上がる。

「その手紙は君にあげよう。怪我をしたと聞いた。あの教官については私の方で厳正《げんせい》に処分するつもりだ。だから今は、ゆっくり体を休めてほしい」

そう言い置いて、建成は房室を出て行った。

一人になり、昭月はようやく涙を流すことができた。

「宋娥！」

泣いても泣いてもその涙は止まることがなく、昭月は自分が干からびてしまうのではないかと思った。

弓射ができなかった悔しさや、教官に打ち据えられた痛みも忘れて、昭月はその晩ただひたすらに宋娥を悼《いた》んで泣き続けた。

◇　◇　◇

「まあまあ、小姐《おじょうさま》。顔まで打たれたのですか？」

翌朝、下女の悲鳴で昭月は目を覚ました。

目を覚ますと全身がひどく痛み、泣きぬれた顔は熱を持っていた。

その日から昭月は熱を出し、三日ほど寝込んでしまった。夢うつつ、何度も現実と夢の区別がつかなくなり、宋娥が死んだのは夢だったのかとも考えた。

けれど目を覚まして正気《しょうき》になると、宋娥が死んでしまったこの世界こそ現実なのだと突きつけられるようで、昭月は大いに消耗《しょうもう》した。

四日目、なんとか自力《じりき》で寝台から体を起こせるまでに回復すると、今度は房室に引きこもって考えに没頭《ぼっとう》しはじめたので、梁夫妻をひどく心配させた。

「おはようございます」

早餐《ちょうしょく》の席に顔を出すと、夫人がわざわざ立ち上がり昭月に歩み寄った。

「あらあら、もういいの」

彼女に付き添われ、昭月は空いていた椅子に腰を下ろす。

三人で食事の席につくのは久しぶりだ。

「はい。ご心配をおかけしました」

昭月と向かい合った梁夫妻は、すっかりやつれて目の下に隈を作っている娘を哀れに思った。

だが、そんな彼女の失望に追い打ちをかけるような言葉を、口にしなければならない。建成は憂鬱《ゆううつ》だった。

「ちょうどよかった。君に話したいことがあったんだ」

「なんでしょうか？」

建成の低い声音《こわね》に、感じ取るものがあった。

昭月は居住まいを正すと、まっすぐに梁家の当主たる男を見つめた。

建成はまず妻に席を外すよう促《うなが》すと、昭月と二人になったところでようやく本題に入った。

「国子監での聴講だが、大姐の死の原因が分かるまでは遠慮してもらいたい」

明るいはずの食卓は、しんと静まり返った。

あれほど望んでいた国子監での聴講である。取りやめとなり、どれほど嘆き悲しむだろうかと想像していたが、驚いたことに昭月は落ち着いていた。

「私も、そう申し出るつもりでおりました。私は宋娥と血のつながりこそありませんが、しばらくは喪《も》に服したく思います」

昭月はすんなりと提案を受け入れたというのに、建成の表情は優《すぐ》れなかった。

彼にはもう一つ、昭月に言わねばならないことが残っていた。

「ああ……だが、大姐の遺体の引き取りは諦めてもらいたい。君の存在を相手方に気取《けど》られないようにするためだ。悔しいとは思うが、堪えてほしい」

龐《ほう》では、血縁者の死に際し喪に服するのが普通である。だが、宋娥の両親は既に亡く、唯一の近親者と言える建成も梁家の養子となったため宋家の籍からは抜けている。

なので、建成さえ名乗り出なければ宋娥とのつながりがばれる危険性は薄かった。

建成が後宮にいた宋娥に頼まれ、幼い昭月に学問の手ほどきをするために、しばらく離宮に通った時も、昭月を引き取った際に宋娥と接触した際にも、昭月の存在が露見しないよう用心に用心を重ねた。

宋娥が後宮に入ったのも建成が養子に出たのもかなり昔のことであるため、祭《さい》酒《しゅ》である建成と宋娥の繋《つな》がりについて知る者はかなり限られる。

建成が宋娥の死を知ったのも、昭月を引き取る際に立ち会った宦官《かんがん》が、渡された多額の賄賂《わいろ》に気分を良くして気を利かせたからに過ぎない。勿論《もちろん》、建成はその宦官に既に多額の謝礼を支払い、外聞《がいぶん》が悪いからと言う理由でそれとなく口止めもしている。

建成の言葉に、昭月は膝の上で掌《てのひら》を固く握りしめた。

引き取り手のない宮女《きゅうじょ》の遺体は、後宮から運び出され皇家《こうけ》に所縁《ゆかり》のある仏寺で合祀《ごうし》される。

本当なら遺体を引き取って懇《ねんご》ろに弔《とむら》いたいところだが、そんなことをすれば宋娥を殺した相手の興味を引いて、梁家の人々をも危険にさらすことになるかもしれない。

突然やってきた昭月によくしてくれる梁夫妻が危険な目に遭うことなど、あっていいはずがない。

宋娥が殺されたという証拠があるわけではないが、用心を重ねなければいけないということは理性では理解できた。

ただ心の奥底では、あんなに尽くしてくれた宋娥に自分は報《むく》いることができないのかと、無力感で打ちのめされる思いがした。

だが、そんな場合ではないと昭月は己を叱咤《しった》する。

後悔ならばもう、寝台の上で嫌というほどしたはずだった。

それよりも今は、宋娥が死んだ理由を突き止めなければならない。長年後宮で密《ひそ》かに養育してきた昭月を、突然建成に預けたのは何故《なぜ》だったのか。宋娥は昭月の母の遺志《いし》だと言っていたが、なぜ昭月の存在は隠されねばならなかったのか。

そして、果たして昭月が後宮を去ったことと、宋娥の死に関連はあるのか——。

正直なところ、真実を知ることに恐れもある。

知った末に、傷つくかもしれない。探ることを、宋娥は望まないかもしれない。

それでも昭月は、悩んだ末に真実を求めると決めた。

後宮の外に出て、昭月には宋娥の他に大切なものがたくさんできた。梁夫妻は勿論の事、何かと手助けしてくれる阮籍や成玄《せいげん》も大切な相手である。

何も知らないことで彼らが危険にさらされるかもしれないというのなら、自分は知らねばならないと昭月は思った。

何も知らないままに失うのは、もう耐えられないからと。

◇　◇　◇

翌日から、昭月は講義にはいかず、その時間で体の鍛錬《たんれん》をすることにした。

もともと趣味で畑を耕していたぐらいなので動くのは嫌いではない。ただ、ここ最近は学問に夢中になるあまりすっかり体が鈍《なま》っていた。

もしかしたら、自分がこの邸《やしき》を去ることが梁夫妻を守ることにつながるのではないかという思いもある。

宋娥の死が昭月と関わっているとすると、次に危険なのは自分と建成のはずだ。

宋娥が死んだ今、彼が昭月を邸に留まらせていいことは何一つない。昭月を追い出しても誰も彼のことを責めないのに、建成は相変わらず昭月に優しくしてくれる。

自分でできることのあまりの少なさに、昭月は歯噛みをした。

これほど無力感を感じたことなど、今までに一度もない。見識を高めたければ書を読めばよく、先人の教えをなぞるだけで新たな世界を知ることができた。

だが現実はそういかない。

どんなに孔子の教えに従い過去の出来事を辿《たど》ろうと、現実を変えることは容易ではないのだ。

昼間、昭月は建成から貸し与えられた弓を手にした。

「進退周還《しゅうせん》必ず礼《れい》に中《あた》り、内志《ないし》正しく、外体《がいたい》直《なお》くして、然《しか》る後《のち》に弓矢《きゅうし》を持つこと審固《しんこ》なり。弓矢を持つこと審固にして、然る後に以《もっ》て中《あた》ることを言ふ可《べ》し。此《こ》れ以て徳行を観る可し」

礼記に記された射義《しゃぎ》についての文をぶつぶつと呟《つぶや》きながら、弓を引く。

内容は、弓を引く姿を見ればその人物の人となりが分かるというものである。

だが体の動きというものは、やはり知識だけではどうにもできない部分がある。

それでもなんとか弓を構えていると、思わぬところから声がかけられた。

「おい」

低い男の声だ。

慌《あわ》てて周囲を見回すが、院子《にわ》の中に昭月以外の姿はない。気のせいだろうかと思い練習に戻ろうとすると、再び声が響く。

「こちらだ。上だ」

なにを馬鹿なと思いながらもう一度見回すと、塀の上に生首《なまくび》が乗っていた。

「な⁉」

これには昭月も驚いて、思わず尻もちをついてしまった。

しかも、よくよく見れば見知った顔だ。

「黄天祐《こうてんゆう》師兄《すひん》！　何があったんですか⁉」

塀の上の生首の主は黄天祐だったのだ。本来なら生首に質問したところで反応があるはずはないのだが、黄天祐は何とも言えない顔で返事をした。

「それはこちらの台詞《せりふ》だ」

そして生首が引っ込んだかと思うと、次の瞬間長身の男が塀を飛び越えてきた。

啞然《あぜん》として、昭月は立ち上がることも忘れてその様子を見守っていた。

完全に勢いを殺して静かに着地して見せた天祐は、相変わらず尻もちをついている昭月に手を差し伸べた。

その手を借りて立ち上がると、昭月はようやく驚きから回復することができた。

「ど、どうしたんですか？　突然」

昭月は困惑《こんわく》していた。塀を飛び越えて入ってくるなど、賊《ぞく》のごとき所業《しょぎょう》である。

だが賊があらかじめ家人に声をかけるはずがなく、また相手が黄天祐だったので昭月は警戒心を抱いていなかった。

折よく動きやすいように宦官の服を着ていたので、女だとばれずに済んでよかったと思ったくらいだ。

「御用でしたら門から入られた方がいいと思いますよ。旦那様は国子監に行かれて留守ですが」

建成に用かと思いそう問いかけてみるが、天祐は無言のまま昭月を見下《みお》ろしている。

世の中ではこうして塀を飛び越えて人を訪ねることも珍しくないのかと、訳も分からず首を傾《かし》げるばかりだ。

　更に気になったのは、天祐が助け起こす時に握った昭月の手を、立ち上がった今もずっと離さずにいることだった。

　特に不都合はないのでそのままにさせているが、どうしてという疑問は深まるばかりである。

　そういえばこの邸《やしき》に来たばかりの頃、下女に誘拐《ゆうかい》されるぞと脅されたことがあった。天祐が自分を攫《さら》うはずなどないのに、どうしてその話を思い出すのかと昭月はぼんやり思った。

「その、なんだ……体はもういいのか？」

　問われても、昭月は天祐が何のことを言っているのか一瞬分からなかった。

　そしてすぐに、弓の講義で滅多打ちにされたことを心配しているのだと気が付く。あの後に宋娥のことを告げられたせいでそれどころではなくなっていたが、確かに体は傷だらけになり、しばらくは起き上がるのにも難儀《なんぎ》するほどだった。

「はい、お気遣《きづか》いありがとうございます」

　それにしても、常識に疎《うと》い昭月だからこそ驚くくらいで済んでいるが、やはり祭酒の邸に学生が許可なく入り込むなど、普通あってはならないことだ。

しかし天祐のある意味堂々とした態度は、その疚《やま》しさを微塵《みじん》も感じさせないものだった。

「まだ講義に来られないほどに悪いのか？」

天祐の問いは、昭月の胸を容易《たやす》く抉《えぐ》る。

「いえ……実は講義に出られない理由ができまして」

そう。周りの人たちを守るためにはもう講義には出られない。

初めから、ありえないことのはずだった。女の自分が、国子監に通うなど。

最初はよく分からなかったけれど、講義を受けるようになって、それがどれほど異常なことなのか少しずつ分かりかけていた。宦官ですらあれほど拒絶感を示す学生が多くいたのだ。女性であることがばれれば、どのみち、あそこにはいられなかっただろう。

そう考えることで、昭月は己を慰《なぐさ》めた。

外を歩いていても、女性を目にすることは少ない。市では多少見かけたものの、上流階級の多い東市《とうし》だったためか護衛《ごえい》連れのご婦人が多かった。

ここにやってきた初日に、下女が言っていたことは本当なのだろう。

女性は見下《みくだ》されているのではない。大事にはされている。けれど外に出て学んだり働いたりすることはよく思われない。外の世界は、そんな場所だった。

後宮の中とは、常識すら異なる世界だ。

壁一枚隔てた場所に、これほどの別世界が広がっているなんて思わなかった。

「ならば、もう戻っては来ないと？　理由はなんだ？　それは、この邸の警備が増えていることと何か関係があるのか？」

つい物思いに浸りそうになっていたところに、両肩を摑《つか》まれ意識を引き戻される。

目の前の天祐は、なぜか焦《あせ》ったような顔をしていた。

不法侵入を咎《とが》められた時ですら、あれほど涼《すず》しい顔をしていたというのにだ。

その上、がくがくと揺さぶられたものだから、昭月は思わず悲鳴を上げた。

「痛い！」

よくなったとはいえ、体のあちこちにまだあざがうっすら残っているような状態だ。それを塀すら飛び越えるような天祐に揺さぶられては、体が痛むのは当然であった。

それに、警備が増えているという話は初耳だ。問われたところで答えられることは何もない。

昭月の悲鳴を聞いて、天祐が慌てて手を離す。

彼もまた、摑んだ昭月の肩の細さに驚いていた。そしてかすかな疑念を抱いた。宦官とはいえ、男がこれほどまでに華奢《きやしや》なものだろうかと。

二人の間に、しばし気まずい沈黙が落ちる。

いったいこの人は何をしに来たのだろうと、昭月は不思議に思った。

「理由は……すみません。言えません」

言えるはずがない。自分は後宮から逃げてきた存在で、身の危険があるかもしれないなんて。

そもそも、昭月や周囲の人間が狙《ねら》われる可能性があるというのは、あくまで仮定の話だ。

けれど、事態を楽観視することができないのは、実際に一人、昭月の育ての親が命を落としているからだ。本当なら後宮に戻って真実を確かめたいが、あの場所は自由に出入りできるような場所ではない。

「後宮に戻るのか？」

天祐の問いに、昭月は一瞬、驚きの声をあげそうになった。ちょうどそのことを考えていたところだったので、心を読まれたのかと思ったのだ。

だが、すぐにそんなことはあるはずがないと考え直す。

天祐は昭月のことを宦官だと思っているのだから、後宮に戻ると考えるのはごく自然だろう。

昭月が黙っているのを肯定《こうてい》だと受け取ったのか、天祐は口惜《くや》しげな顔をした。

「戻らなくても、お前ほどの見識があれば科挙の及第《きゆうだい》が叶《かな》うだろうに」

またしても、昭月は驚かされる。そんなことを言われるなど、思ってもみなかったので。

「そんな、できるはずがありません」

できるはずがない。女が科挙《かきよ》を受けることなど。

「できる！　お前はあれほど情熱を持って学問に打ち込んでいるのだから」

「どうして……どうしてそこまで言ってくださるんですか？　あなたは僕を目障《めざわ》

りに思っているのだと、ずっとそう思っていました」

そう、昭月にはそれが一番不思議だった。

天祐といつも一緒にいる何嬰《かえい》は、昭月を目の敵《かたき》にしていた。それは彼だけではない。天祐の周りにいる学生たちは皆、昭月が気に入らない様子だった。

だからいつの間にか、昭月は天祐に嫌われていると思い込んでいた。

優秀な彼と議論したいと思うことはあったけれど、どうせ断られるだろうからとこちらから声をかけることもできずにいた。

「そんなことはない！　俺はただ……」

否定しながらも言い淀《よど》む天祐に、昭月は首を傾《かし》げる。

「ただ？」

「どう声をかけていいのか、分からなかっただけだ。今も、どうしてお前がこんなに気になるのか、自分でも分からない」

恥じらっているのか、天祐はうっすらと頬を染めた。美青年にそんな顔をされると、なんだかいけないものを見ているような気持ちになる。

昭月が一体どう返事をすべきか悩んでいると、流石《さすが》に己の胡乱《うろん》な言動に気付いたのか、まるで取り繕《つくろ》うように天祐が話題を変えた。

「弓を、練習していたのか？」

昭月が手にしていた弓は、尻もちをついた時に地面に落としてそのままだ。

「ええ。といっても、一人ではどうすればいいのか分からなくて」

自嘲《じちよう》気味《ぎみ》に言う昭月に、天祐は前のめりになった。

「ならば俺が教えてやる」

「え？」

「分からないのだろう？　俺が教えてやると言ったのだ」

まさかの、教示《きようじ》の押し売りである。

「で、ですが」

突然のことに困惑していると、その時、邸の中から昭月を呼ぶ下女の声が響いた。

「小姐《おじようさま》ー、どこにおいでですかー？」

まさか返事をするわけにもいかず、昭月は進退窮《しんたいきわ》まった。天祐と下女が鉢合わせになれば、騒ぎになるのは目に見えている。

天祐は小さく舌打ちをすると、驚くべき身体能力で再び塀の上に飛び上がった。

「また明日、同じ時刻にここに来る。準備をして待っていろっ」

言うが早いか、天祐は壁の向こう側に消えてしまった。

呆気《あっけ》に取られて、昭月は彼が飛び越えていった塀を見つめ、しばらくの間立ち尽くしていた。

◇　◇　◇

果たして、翌日、天祐は本当に同じ時刻に塀を越えてやってきた。

半信半疑《はんしんはんぎ》ながら宦官の服に着替えていた昭月は、ひらりと塀から飛び降りてくる天祐の姿を呆然《ぼうぜん》と見上げていた。

「本当に、いらしたんですか」

思わず、口から本音《ほんね》が漏《も》れてしまった。

見つかればただでは済まないというのに、天祐の態度は忍び込んでいることとなど全く感じさせないほどに堂々としている。

「そう言ったと思うが？」

「そ、それはそうなのですが」

いくら世事に疎《うと》い昭月でも、儒学の教えを学んでいるので、常識は一応弁《わきま》えている。

けれど成績優秀で品行方正《ひんこうほうせい》と謳《うた》われた天祐にそんなことをされてしまうと、彼のしている事こそが常識に沿《そ》っているかもしれないとすら思えてくるのだ。

普通に考えれば、塀を飛び越えてやってくるなどおかしいに決まっているのだが。

「ちゃんと弓を持ってきているな。見せてみろ」

昭月に弓を教えるというのはもう彼の中で決定事項になっているのか、当たり前の顔でそう言うので昭月は建成に与えられた弓を大人《おとな》しく渡した。

実際、誰かに教えを乞いたい気持ちはあったので、優秀な天祐が教えてくれるというのなら、それは願ってもないことだ。

このままでは、国子監での最後の記憶が打ち据《す》えられたという悲惨なものになってしまう。

あれほど楽しかった場所だからこそ、最後はできなかった記憶ではなく、弓が上手《じょうず》に引けるようになったという嬉しい記憶で締めくくりたかった。

「うむ。いい弓だ」

そう言って天祐は弓を昭月に戻すと、今度はそれを構えるように言った。

「いいか？　まずは心を落ち着けることが肝要《かんよう》だ。息を整え、体のどこにも余計な力が入らないよう注意するんだ」

とりあえず天祐に従うことにした昭月は、言われた通りまっすぐに立って息を吐《は》いた。体に余計な力を入れないというのは、意識して行おうとするとなかなかに難しい。

「次に、足を肩幅に開く。丹田《たんでん》に重心を置き、首を引き上げて背を伸ばす。それから――」

こうして、天祐の熱のこもった指導は四刻《いちじかん》ほど続いた。

「とりあえず、今日はここまでにしておく。明日また来るから、今日教えたことを復習しておくように」

天祐はそう言い残して、またもひらりと去っていった。

昭月は驚いていた。何に驚いたって、四刻もの時間が姿勢を正すことに費やされたことと、無口だと思っていた天祐があんなにたくさん喋《しゃべ》るのを初めて見たからだ。

それからほぼ毎日のように、天祐はやってきた。

最初は流されるまま天祐に従っていた昭月も、すぐに真剣に射義に取り組むようになった。それは天祐の熱心さに影響されてというのもあるが、じっとしていると宋娥のことが思い出されるばかりで、悲しみに耐えきれないからだ。

そして、昭月の事情を何も知らない天祐といるのは気が楽だった。梁夫妻は大切な人を失った昭月をいたわってくれるが、そのいたわりが辛《つら》い時もあった。いっそお前のせいだと詰《なじ》ってくれればと、自虐的なことを思ったりもした。本当は昭月が来たことを迷惑がっているのではないかと、どうしても彼らの顔に負の感情を探してしまう。そう疑うことすら、苦しくて。

天祐といる時には、そんなことは考えなくて済んだ。元から親しい相手でもないから、憎まれているかもしれないなどと恐れずに済んだ。

そして、天祐が梁家に忍び込むようになって七日目。

ひゅんと風を切る音がして、的代わりにしていた木に昭月の放った矢が突き刺さった。

「うん。いいな」

そう言われる前に、昭月は十分な手ごたえを感じていた。達成感と心地《ここち》よい疲労感がある。

勿論、まだ百発百中とはいかないし、それどころか、まだ実際に弓を引けるようになってから、何本外したか分からないほどだ。

けれど矢が手を離れた瞬間、これが正解なのだと分かった。

「やった……」

嬉しくて思わず伸びをすると、頭を軽く叩《たた》かれた。

「残身《ざんしん》を崩《くず》すな」

残身とは、矢を射た後の姿勢や所作《しょさ》のことだ。

以前の彼であれば、昭月を叩くようなことはなかっただろう。

弓の指導をしてもらっている間に、遠慮が消えて天祐との間にあった垣根《かきね》も随《ずい》分《ぶん》と取り払われたように思う。

「まあそれにしても、よくやったな。この短期間で」

「はい、師兄《すひん》のお陰です。ありがとうございます」

思わず喜びの感情が溢《あふ》れる。何かを成し遂《と》げて褒められるなど、あまりない経験だった。

宋娥は我が子と言うよりも、主君の子として昭月を扱ったためだ。だからどんなに優しくとも、どこかで線を引かれていた。

天祐に子供扱いされたことで、昭月はその違いに気づいたのだった。

「なんとか今日に間に合ってよかった」

その意味ありげな言葉に、昭月は首を傾げた。

「間に合って？」

「ああ、明日から龍武軍《りゅうぶぐん》の演習に付き合うよう、皇太子殿下《こうたいしでんか》から命を受けている。さすがに断れん」

龍武軍とは、皇帝を守る北衙禁軍《ほくがきんぐん》の中でも特に精鋭《せいえい》が揃《そろ》うエリート部隊である。

「殿下から？」

昭月は皇太子のことを、あまり知らなかった。血縁上は己の甥《おい》にあたるわけだが、面識《めんしき》は勿論なく、その人となりを耳にしたこともない。

そもそも皇太子は、皇帝がまだ江南王《こうなんおう》だった頃に妃《ひ》との間に生まれた子供である。城下にある江南王の邸で育てられたため、後宮とは縁もゆかりもない人物だ。

それにしても、天祐の言い方だとまるで皇太子殿下から直接命令されたような印象を受ける。

本来皇太子というものは、話すどころか目にすることすら稀《まれ》な存在のはずだが。

「どうして師兄がご下命《かめい》を受けるのですか？　師兄は学生ではありませんか」

昭月が問うと、その反応を半ば予想していたのか、天祐は苦笑《くしょう》した。

「ああ、うちと殿下が以前城下で暮らしていらした邸が近くてな。子供の頃はよく遊んでいただいたものだ。あの方が皇太子になられるとは、想像もしていなかったが」

「では、殿下のために科挙を？」

そもそも、黄家は武門の名家だ。その嫡子《ちゃくし》である天祐も、本来であれば武科挙で及第し軍に入るのが順当である。

そこをあえて官吏としての道を選んだのには、それ相応の理由があったのではないか。

そんな当たり前のことに、昭月は今更《いまさら》ながらに気が付いた。

「ああ。あの方は城下でのお生まれなので、皇城《こうじょう》内に味方が必要なんだ。といっても、別に命じられて決めたわけではないがな」

その言葉を聞いた瞬間、昭月の胸に複雑な感情が生まれる。

今まで天祐は、己と同じように学問を追求するため国子監に入ったのだと思っていた。天祐におもねる者たちと違って、彼は純粋に学問に親しんでいるのだと。

けれど、そうではなかった。

彼は己が仕える主君のために、及第を目指していたのだ。

つまり彼にとっては学問というものは手段にすぎず、目指すべき目的は別にあるのだ。

生まれて初めて、昭月は嫉妬《しっと》という感情を知った。

天祐に対してではない。彼が仕えたいという、皇太子に対してだ。

同じく皇族の血を引いていても、皇太子にはこんなに頼りになる男が部下になりたいと願っている。父も母も存命だ。勿論、だから幸せだろうなんて安直《あんちょく》なことは思わないが、けれど無性に昭月の胸は痛んだ。

昭月には、もう誰もいない。

顔も知らない父も母も既《すで》に亡く、育ててくれた宋娥も死んだ。

そして国子監にも、もう行ってはいけないという。

では何のために生きればいいのか。自分などいない方がむしろ梁夫妻は助かるのではないかと、そんな暗い気持ちがじわじわと湧いてくる。

「そうですか。ではお気をつけて……」

先ほどまでの喜びはどこへやら。

明日出発するという天祐に、昭月は結局それしか言うことができなかった。

第五幕

公主《こうしゅ》とは因果な商売

それからしばらく、昭月《しょうげつ》は与えられた房室《へや》に籠《こも》って書物に埋《う》もれるようにして過ごした。

儒学の本や四書五経の解釈の本は勿論《もちろん》、巷間《こうかん》に出回る漢詩や伝奇《でんき》、果てには仏教の経典《きょうてん》にまで手を出す始末だ。

寝食すら疎《おろそ》かにしてそれらに耽溺《たんでき》する昭月をさすがに心配した建成《けんせい》は、一計を案じた。

それは。

「阮籍《げんせき》！　それに老師も！」

昭月が驚いたのも無理はない。

ある日宦官《かんがん》の服を着ておくようにと建成に言われ、院子《にわ》の池を臨む榭《たかどの》で待っていると、そこに阮籍と成玄《せいげん》がやってきたのだ。

これは、すっかり引きこもりになってしまった昭月を慰《なぐさ》めようと、建成が特別に取り計らったのである。

昭月はすぐにそれを悟ると、彼らに再会できた喜びをかみしめた。

「おう、元気そうだな」

「いかにも。これは重畳《ちょうじょう》」

どこまで事情を聞いているのか、昭月の姿を認めると二人は安堵《あんど》の笑《え》みを浮かべた。

椅子《いす》に座り卓子《つくえ》を囲むと、あっという間に国子監《こくしかん》の房室に引き戻されたような気持ちになる。聴講をやめてまだひと月と経《た》っていないというのに、なぜかやけに時間が過ぎたように感じられた。

下女が茶と一緒に筍《たけのこ》の蜂蜜《はちみつ》漬《づ》けを運んでくる。

すっかり自分の殻《から》に閉じこもってしまった昭月を心配していたのか、下女もどこか安堵した様子だ。

「例の教官は左遷《させん》されたよ。指導のためとはいえ、全くひどいもんだ」

茶を喫《きっ》しながら、阮籍がいかにも嫌そうな顔で言う。

一瞬、昭月は何のことを言っているのだろうと不思議に思い、それからすぐに射礼《しゃれい》の教官の事を言っているのだと気が付いた。

あれから色々なことがあり過ぎて、正直なところ滅多打ちにされたことなんてすっかり忘れていた。

体に残っていた打ち身も、今では跡形もなく消えてしまっている。

「いえ、勘違《かんちが》いしていた私が悪いので……」

昭月は射礼について知識でしか知らなかったし、実際に弓を使って矢を射るなど考えたこともなかった。

射礼によって徳を見ると、知っていたはずなのに。

「確かに、お前の構えは壊滅的《かいめつてき》だったがな」

「ほほ、誰でも初めての時というのはあるものじゃ。これから学んでいけばいい。何の問題もない」

成玄におっとりした口調で言われると、本当にその通りだと思えるから不思議だ。

だが、昭月を悩ませているのは射礼ではなく、後宮《こうきゅう》で何が起きてこれから何が起ころうとしているのかということである。

宋娥《そうが》の死の謎が解けない内は、とても問題がないとは言えそうにない。

それからしばらくは、当たり障《さわ》りのない話題が続いた。何嬰《かえい》は相変わらず天祐について回っているとか、誰それの解釈が素晴らしかったとか。

阮籍は一見粗忽《そこつ》で磊落《らいらく》に見えるが、こうして共に茶を喫してみると、意外にきめ細やかな男だということが分かる。

そもそも国子監に入るには家柄の審査があるので、彼自身も高級官吏《かんり》の子弟であるはずだ。

「それにしても、急に講義に来なくなったから、後宮に帰ったのかと思ったぜ」

阮籍の何気《なにげ》ない言葉に、昭月はどきりとした。

いっそ後宮に戻って、自ら宋娥の死の原因を確かめることができたらどれほどいいか。

しかし、建成には絶対に後宮に近づかないよう、そして一人で邸《やしき》を出ないようきつく言いつけられている。見慣れぬ食客《しょっかく》が増えた気がするので、建成はよほど警戒しているようだ。

「まあ、後宮に戻っても大変なことになるのは目に見えてるがな。なにせこの状況じゃあ」

ついつい物思いに浸りそうになっていた昭月は、阮籍の言葉に勢いよく顔を上げた。

一体どこまで知っているのかとつい尋《たず》ねそうになるのを、懸命《けんめい》に堪《こら》える。

「というと?」

問うたのは成玄だった。どうやら彼の方は『この状況』について思い当たる節《ふし》はないらしい。

「なんだ、老師は知らないのか。後宮に巣食う嫦娥《じょうが》ってな」

「嫦娥ですか?」

嫦娥とは、大昔に月に昇ったとされる仙女《せんにょ》だ。地上に降りたところ天に戻れなくなり、夫の羿《げい》が西王母《せいおうぼ》からもらい受けた不死の薬を盗んで一人ですべて飲んでしまった。すると彼女の体は見る間に浮き上がり、天を突き抜け月で蟾蜍《がまがえる》になったという。

だが、少し前まで後宮で暮らしていた昭月にも、嫦娥と言われて思い当たるような人物はいなかった。

　確かに嫦娥を絶世の美女だとする説もあるので、後宮にいるような妃嬪《ひひん》には相《ふさ》応《わ》しい字《あだな》かもしれないが。

「ああ、猴帝《こうてい》の忘れ形見《がたみ》が、最近後宮で贅沢三昧《ぜいたくざんまい》しているそうだ。その名も昭月《しようげつ》公主《こうしゆ》。月だから嫦娥ってのは、いかにも皮肉が効いてやがる」

　驚いたことに、阮籍の口から出たのは昭月の名であった。それも、贅《ぜい》を尽くす悪女として――。

◇　◇　◇

　阮籍と成玄を見送った後、昭月は一人房室に籠り考えを巡らせていた。課題は勿論《もちろん》、突如現れた昭月の偽物《にせもの》についてである。

　阮籍の話を要約するとこういうことだった。

　先帝の娘である昭月という名を持つ公主が、最近になって突然後宮で贅沢三昧の生活を始めたということ。

　化粧品や宝飾品をどんどん買い入れることから、宮廷御用達《ごようたし》の商人からじわじわとその噂が広まっているという。

話を聞いている最中、昭月は表情を取り繕《つくろ》いながら、ものすごい勢いで頭を回転させていた。

時期的に考えて、その偽昭月と宋娥の死が無関係のはずがない。なぜなら、本物の昭月の顔を知る人間は、後宮には宋娥しかいないのだから。

つまり彼女の口さえ封じれば、いくらでも昭月に成り代わることが可能なのだ。

昭月にとって、己に成り代わって得をする人間がいるという事実は、あまりにも衝撃的だった。

今まで後宮の隅でひっそりと暮らしてきたというのに、今こうして悪女としての噂が出回っている現実も。

宋娥は昭月が皇帝の手に落ちることを恐れていたが、おそらく皇帝はこの件には関係ないだろう。昭月の散財の噂が流れても、皇帝が利するところなど何一つないのだから。

むしろ、商人の間で噂になるほど派手な散財を繰り返してるらしい偽昭月が、どうして処分されないのかが不思議である。

宋娥はあんなにも皇帝を恐れていたのに、皇帝のほうは何も気にしていないのだとしたら、それはあまりに滑稽《こっけい》ではないか。

だが、ただの取り越し苦労で済めばよかったが、宋娥が死に、偽昭月が現れた今となっては、とてもそんなことは言えなくなってしまった。

おそらく、偽の昭月は一人の女が思い付きで行ったことではない。裏で糸を引く者がいて、その一味がおこなっている悪行《あくぎょう》と見て間違いないだろう。彼らはまず後宮に昭月の噂を流し、昭月の存在を認知《にんち》させた。

その上で顔を知られていない本物を殺し、別の娘を代役として立てようと考えていたのではあるまいか。

だがその作戦が実行される前に、幸運にも昭月は後宮から出ることができた。

昭月の不在に気づいた者たちが、これ幸いと偽の昭月を作り上げた。唯一《ゆいいつ》顔を知っている宋娥を殺して――。

自分の中でどんどん組みあがっていく仮説に、昭月は身震《みぶる》いがした。

あまりにも荒唐無稽《こうとうむけい》だと否定しようとしても、状況はその仮説を裏付けるようなものばかりである。

おそらく建成も、偽昭月の噂を聞いたに違いない。そして、おそらく昭月と同じ仮説に行きついたのだ。

だからこそ昭月の外出を禁じ、警備役の食客を増やしたのだろう。

もっとも、天祐は毎日のようにその警備を潜《くぐ》り抜けて昭月の許へやってきていたわけだが。

警備が穴だらけなのか、天祐が尋常《じんじょう》ではない身体能力を持っているのか、あるいはその両方か。

前者ならば建成に報告すべきかもしれないと思いながら、昭月はため息をついた。

人と関わるようになって、昭月の世界は広がったと同時にとても複雑になった。

大昔の賢者が世俗を嫌って山に籠ったのも分からなくはないと思いながら、窓の向こうに見える月を見る。

蟾蜍《がまがえる》になったと言われる嫦娥《じょうが》は果たして、月で何を思っているのだろう。不死の薬など盗むのではなかったと、後悔し続けているのだろうか。

嫦娥という字《あだな》の「嫦」の字は「こう」とも読み、猴《こう》と呼ばれた父と通ずるものがある。今まで一度も感じたことのなかった父への親近感を覚え、昭月は自嘲《じちょう》の笑みを浮かべたのだった。

◇　◇　◇

さて、阮籍や成玄との再会によって偶然、己の偽物の存在を知った昭月ではあったが、邸から出ないよう厳しく言いつけられている身であれば、できることは限られる。

しかし知ってしまった以上、偽昭月の存在を無視することもできなかった。

もしその者たちが欲望のために宋娥を殺したというのなら、その罪は償《つぐな》われなければならない。

不正を正し、必要な物をあるべき場所に戻さなければ、道理が歪《ゆが》んでしまう。

しかしこの間違いを正すということは、同時に昭月がこの新天地を捨て、後宮に戻ることを意味していた。

新たに出会った人々との繋がりや議論の喜びを忘れ、宋娥のいない後宮に戻るということだ。

それに戻ったとしても、こちらの昭月が本物であると、どうすれば証明できるというのか。

顔で判断してもらおうにも、昭月の顔を知っている人間などいない。唯一《ゆいいつ》証明ができる人間がいるとすれば、それはただ一人。

建成をおいて他にはいないのだ。

「それで、私のところに来たと」

書房《しょさい》の椅子に座る建成が、やけに大きく見えた。

昭月の考えを聞き終えた彼は、その考えを吟味《ぎんみ》するようにゆっくりと顎《あご》を撫《な》でる。

「言いたいことは分かった。それにしても、迂闊《うかつ》だったな。まさか後宮での噂が、阮籍にまで届いているとは」

昭月は息を呑んだ。

やはり思った通り、建成は偽昭月について知っていて昭月が外に出ることを禁じたのだ。更には、彼女と家族を守るため警備を固めていたのである。

「老師。私は後宮に戻ります。私がここにいては梁家《りょうけ》の皆さんにも危険が及ぶかもしれません」

頭のいい建成ならば、それが一番の解決策であると分かるだろう。

だが、そう考えていた昭月の予想は外れた。

「残念だ。君がそこまで愚かだとは思わなかった」

建成はため息を吐く。

予想もしていなかった答えに、昭月は固まってしまった。

「同時に心外だ。大姐《あねうえ》から任せられた君を、私がこの程度のことで追い出すと思われていたとは」

「そ、決してそのようなことは！」

「では、どのような意味であったと？」

問い返されて、昭月は口ごもってしまった。

誓って建成を侮《あなど》ったつもりはなかったが、そう受け取られても仕方のないことではあった。

だが、良かれと思って提案したことだけに、相手を怒らせたことに対する戸惑《とまど》いが大きかった。

「わ、私は老師を侮辱《ぶじょく》するつもりは……っ」

「分かったならいい。昭月、決して妙なことを考えてはいけないよ。私は君に対する責任があるんだ」

結局、昭月は建成の同意を得られないまま書房を去ることとなった。

どう言おうとも相手を説得できなかったのである。

自分を守ろうとしてくれることにありがたさを覚えつつも、それによって迷惑をかけていることがひどく耐え難く感じられた。

何もできない無力感が、彼女を苛《さいな》む。

今まで過去の賢人の言葉をなぞっていればよかった昭月の人生は、生きた人間と関わり合ったことで大きく変わってしまったのだ。

◇　◇　◇

妙なことを考えてはいけないと言われたものの、だからと言って昭月がそのまま大人《おとな》しくしていられるわけがなかった。

なにせ後宮では今この時にも、偽の昭月がのさばり続けているのだ。

その悪名は商人だけに留まらず、城下に暮らす一般市民にまで轟《とどろ》き始めていた。

まだ直接賦役《ふえき》が増えるような害こそ出ていないものの、猴帝《こうてい》の散財に苦しめられた人々は、その娘も同様なのではないかと不安がったのだ。そしてその悪感情が、善政を敷いている現皇帝に向かうのにそれほど時間はかからないだろう。

全ては下女からの伝聞と、梁夫人に無理を言って市に連れ出してもらった時の人々の反応からの類推《るいすい》だが、昭月の予想はあながち間違っていなかった。

事実、あれから二度三度と梁邸を訪ねてきた阮籍や成玄からも、同じような話を聞くことができたのである。

それだけに、日を増すごとに昭月の焦燥《しょうそう》は高まっていく一方だった。

そんなある日、梁家《りょうけ》の食客が何者かに襲撃《しゅうげき》される事件が起きた。

被害は軽微《けいび》だったが、いよいよ居場所がばれたのだと昭月は悟った。

宋娥を容赦《ようしゃ》なく殺した連中が、梁家の人々を襲うのにためらいなど覚えるはずがない。

また、偽の昭月を現皇帝が放置していることによって、敵が増長しているのは火を見るより明らかだった。

敵が何者で、どれほどの規模なのかは分からないが、後宮の若い娘が己を公主《こうしゅ》だと主張したところで、普通はこれほど安易《あんい》に地位を得られるはずがないのだ。ましてや、昭月の顔を判断できる人間すらいないような状況である。本来であれば、なにを言っているのかと一笑に付されたことだろう。

それがそうはならなかった。つまり、ある程度の権力を持つ何者かが昭月を名乗る娘を後押ししている証左《しょうさ》である。

そこまで考えたところで、昭月はため息をついた。

なぜなら彼女は、後宮にずっと暮らしていたものの、その内部の力関係をほとんど把握《はあく》していないのである。

それは隠れるようにして暮らしていたことが原因ではあるが、同時に、内に籠るばかりで、外界に一切興味を持たなかったことも一因であるのは間違いない。

内部に知己《ちき》の一人もいれば、少なくとも情報収集はもっと容易だったろうにと思わずにはいられなかった。

だが、後悔していても遅い。

むしろ、そんな相手がいたら宋娥と同様の目に遭っていたかもしれない。そう考えると、内に籠ってばかりでよかったのかもしれないという結論に至った。

もっとも、相手は容易《たやす》く人を殺すような連中である。

そんなまんじりともしない日々が続いたある日、昭月はいよいよ閉じこもっているることができなくなり、お目付け役の下女の目を盗み、梁家の邸を飛び出した。

坊門《ぼうもん》を抜け、目指すは承天門《しょうてんもん》である。

承天門というのは、官吏が働く宮城《きゅうじょう》と街区を隔《へだ》てる臥龍城《がりょうじょう》の正面入口である。ここからまっすぐ宮城に入ると、その先に皇帝の暮らす皇城の正門である朱《しゅ》雀門《じゃくもん》に辿《たど》り着く。その城を越えた先に、ようやく後宮があるのだ。

ではどうして昭月は承天門へと向かったのか。

どうにか城に潜入《せんにゅう》し後宮へと戻るため？

いや、そうではない。

実は承天門の左右には、東西それぞれに朝堂《ちょうどう》がある。東朝堂に肺石と呼ばれる九尺（二・七メートル）はあろうかという巨石が吊り下げられ、西朝堂には登《とう》聞鼓《ぶんこ》と呼ばれる鼓《つづみ》が置かれていた。

これはどちらも人民が皇帝に直接上告《じょうこく》することがある際に用いられる、いわば非常用のホットラインであった。

健康な者ならば直接登聞鼓を叩《たた》き、それができない幼い者や障害のある者は、吊り下げられた肺石の下に立つと役人が代わって登聞鼓を叩いてくれるのである。

梁邸のある務本坊《むほんぼう》は、承天門の目と鼻の先だ。昭月が外に出ると、すぐに左右対称に作られた朝堂の姿を肉眼に収めることができた。

昭月がどうしてこの制度を知っていたかと言うと、それはこの制度が「天下に無告の民を無からしめん」という儒学の教えに基づくものだからだ。

無告の民というのは、孤児や未亡人など、見過ごされがちな社会的弱者を言う。どんな者であろうと直接皇帝に訴え出る権利を保障しているのが、この肺石と登聞鼓なのである。

だが、実際には国軍である南衙《なんが》北衙《ほくが》の衛兵が二つの朝堂の前に立っており、近づく者がないよう目を光らせていた。

そんな中、昭月は急いで登聞鼓のある西の朝堂に駆け込もうとする。

見張りをしていた兵士はそれを見咎《みとが》め、彼女の行く先を塞《ふさ》いだ。

「待て！」

「お前、閹人《えんじん》か？　こんなところに、一体何の用だ」

兵士たちが訝《いぶか》しむのも無理はない。

宦官であれば、わざわざ登聞鼓になど頼らなくとも皇帝への直訴《じきそ》は可能のように思われる。

勿論、皇帝の世話を任されるような上層部のごく一部にしかそのようなことは不可能なのだが、そんなことは後宮に足を踏み入れることのない南衙兵が知っているはずがない。

昭月は丁寧《ていねい》に拱手《きょうしゅ》すると、居並ぶ兵士たちに己の目的を伝えた。

「申し上げます。直接陛下に申し上げたき儀があり、登聞鼓を叩きにまかり越しました」

無告の民とは思えぬ礼儀にかなった態度に、衛兵たちは一時《いっとき》沈黙する。

だが、次の瞬間、彼らは爆竹《ばくちく》がはじけるように笑い出した。

「ははは！　なんの冗談だ？　闍人が無告の民を演じるなど」

「まったくだ。皮肉にもほどがあろう」

笑い合う男たちを前に、昭月は呆然《ぼうぜん》と立ち尽くした。

実はこの制度、この龐《ほう》という国ができる前からとっくに形骸化《けいがいか》していたのである。

なので物見高い田舎者が見物に来ることはあっても、本気で皇帝に物申したいなどという剛《ごう》の者はもう百年近く現れていないのであった。ちょうど百年前の皇帝がこの制度を活用しようと試みたのだが、すると訴えこそ集まったものの、取るに足らないものばかりだったため、以降、こうして見張りの衛兵が立つようになったという訳だ。

「で、ですが本当に……っ」

昭月は必死に朝堂の中に入ろうとするが、男たちの屈強《くっきょう》な体によって行く手を阻《はば》まれてしまう。

「おっと、なんの余興《よきょう》かは知らんが、直訴《じきそ》したいことがあれば後宮で直接陛下に申し上げればよかろう。これ以上、この場を汚《けが》すな」

「そうだ。この鼓は儒学の教えに基づき設置されているのだ。お前のような驢馬《ろば》が触れていいものではない！」

驢馬とは宦官に対する別称の一つだ。

この時代、自宮《じきゅう》した宦官は切り離した己の性器を大切に保管していた。なぜなら埋葬《まいそう》の際に遺体と共に性器を埋葬してもらえないと、驢馬に生まれ変わると信じられていたからだ。

だが自宮をするような者は大抵貧しく高価な手術費が払えないので、手術を担《にな》う刀匠《とうしょう》に担保《たんぽ》として己の性器を預け、宦官としての給金から借金を払い続ける者がほとんどだった。

しかしこの借金は利息が膨大《ぼうだい》であったため、なかなか元本《がんぽん》が減らず多くの宦官は己の性器を取り戻すことができなかった。それができたのは、上層まで上り詰めたごく少数の宦官だけなのだ。

つまり驢馬とは、どうせお前には買い戻せないという類《たぐい》の侮蔑《ぶべつ》を込めた言葉なのである。

しかしそんなことは知らない昭月は、どうして驢馬と呼ばれたのか分からず首を傾《かし》げた。

だが、今はそんなことにこだわっている場合ではない。

「お願いします！　どうしても必要なんです」

「しつこいぞ！　おい誰かこいつをつまみ出せ。もうすぐ龍武軍《りゅうぶぐん》が演習から戻ってくるぞ。馬に踏みつぶされたくなかったら、大人しく後宮に帰るんだ」

後宮に入れるのならばこんなことはしていないと歯噛みをする昭月だったが、ふとあることに気付き、顔を上げる。

「それは本当ですか？」

「なにがだ？」

いくら言われてもめげない小さな宦官を、男たちは気味悪《きみわる》そうに見下《みお》ろしていた。

「龍武軍が演習から戻られるというのは⁉」

「あ、ああ……」

折れるどころかむしろ勢いづいた宦官に、衛兵の方が気圧《けお》される。

昭月は西の空を見て、太陽の位置を確認した。日没後は、坊の外にいると処罰《しょばつ》されてしまう。太陽は傾き始めており、昭月は急がなければいけないと焦《あせ》った。

「分かりました！　失礼します」

そう言って、彼女はまた駆け出した。

「なんだぁ？」

「さあ……」

残された男たちは、眩《まぶ》しいものでも見たように目を瞬《またた》かせながら、その小さな背を見送った。

そして後に、あれはもしかして怪奇の類《たぐい》だったのかもしれないと噂し合ったのだった。

◇　◇　◇

承天門を後にした昭月は、転がるように走っていく。

だがそもそも運動は得意ではないから、すぐに息が切れた。西から飛来《ひらい》した砂漠の砂を吸い込み、思わず咳き込む。

一応、安京《あんきん》の大まかな地図は頭に入っていたが、昭月が思うよりも街はずっとずっと大きい。

大街《とおり》を突っ切るだけで疲れ果て、果てには荷車を引く牛の前に飛び出し、ひどい罵声《ばせい》を浴びせかけられた。

世慣れない昭月は、戸惑いながらもひたすら進んだ。

その場所について、知っていることはそう多くない。

たかだか数回保護者付きで市に行ったことがあるだけの彼女が向かうには、あまりに難易度の高い場所と言えるだろう。

だが有名ではあるらしく、坊の中に入ってしまえば、あとは通行人に場所を尋《たず》ねるだけでよかった。

〝皇帝が江南王だった頃に、暮らしていた邸の隣〟

むしろ、知らない人間の方が少ないぐらいである。

そうして辿《たど》り着いた大貴族黄家《こうけ》の邸は、梁家や国子監をも凌《しの》ぐ威容《いよう》でもって、より大きな邸の隣に鎮座《ちんざ》していたのだった。

◇　◇　◇

　さて、禁軍帰還《きかん》の一報を聞いて勢い込んで黄家の邸にやってきたはいいものの、これから先どうするか昭月は決めかねていた。

　まずは家を訪ねて天祐《てんゆう》に面会しようと試みたものの、宦官の格好をした貧相な昭月は、あやしいやつとして門番にあっさり追い返されてしまったのである。

　建成に黙って出てきたため仕方がないことではあるのだが、これなら阮籍か成玄にでも紹介状を書いてもらえばよかったと後悔した。

　見知らぬ坊の中で、目的地を目の前に呆然と立ち尽くす。

　先ほど昭月を追い払った屈強な男たちが、さっさと去《い》ねとばかりにこちらを睨《にら》みつけていた。

　ドンドンドン！

　昭月ははっとした。

　暮鼓《ぼこ》だ。坊の四つある門の閉門を知らせる太鼓の音である。太鼓の音が鳴り終われれば、坊と道を隔てる門が閉じられ外に出られなくなってしまう。塀で切り取られた空が橙色《だいだいいろ》に染まっていた。暮鼓とはその名の通り日没を知らせる合図《あいず》であり、同時に全ての坊が門を閉じて人々の夜間の外出を禁じ、治安を維持《いじ》するという大切な役割があった。

太鼓の音に急《せ》かされるように、遊んでいた子供たちが自分の家に帰っていく。急ぎ戻れば、太鼓の音が終わるまで梁家へと戻ることができるかもしれない。

土地勘のない他の坊で、一晩を過ごすあてなどないのだ。

昭月は迷った。出直すべきなのはよく分かっているが、戻った頃には建成にこの外出のことが知られているだろう。そうすれば、邸を抜け出すのはきっと、より困難になる。

その迷いが、昭月の足を止めた。

そしてどうすべきかと悩んでいる間に、太鼓の音は止まり、坊門は固く閉ざされてしまったのだった。

門が閉じた後でも、坊内であれば通行は咎《とが》められない。けれど大きな邸宅がいくつかあるだけの坊なので、道は閑散としていた。

いよいよ引き返せないと覚悟を決めて、昭月は目の前の楼閣《ろうかく》を見上げる。それは黄家のものではなく、その隣に立つ立派な屋敷のものだった。

そもそも昭月が天祐を訪ねようとしたのは、彼に懇意《こんい》にしているという皇太子を紹介してもらうためであった。

そう気軽に、会える相手ではない。

ダメで元々どころか、無理に会おうとすれば処罰される可能性もあった。

だが、昭月はどうしても皇太子に会わねばならなかった。血のつながった、己の甥《おい》に。

伝手《つて》のない昭月が、己の偽物をどうにかするにはこれしか方法がなかったのである。後宮に巣食う昭月を名乗る女が偽物であること。そしてその者が後宮内で殺人を行った疑いがあること。

それを直ちに、皇帝に伝えねばならないと思った。

そして考え付いた唯一《ゆいいつ》の方法と言うのが、天祐を頼るというものだったのだ。朝堂の衛兵は龍武軍が演習から帰ってくると言っていた。龍武軍とは、北衙禁軍の中でも皇族を守るための精鋭《せいえい》部隊だ。

天祐は皇太子と一緒だと言っていたから、彼の言う演習に龍武軍が帯同している可能性は極めて高い。

ならば天祐に会えるだろうと、昭月は祈るような気持ちで彼の邸にやってきたのだった。

辺《あた》りに夕闇が迫っている。

安京の治安はすこぶるいいが、それでも夜に一人で出歩いて無事で済むかは微《び》妙《みょう》なところだった。

街の中で偽昭月と宦官への悪感情が高まっていることを考えると、この格好でいて明朝まで無事に過ごせる可能性は極めて少ない。

下女に外は危険だと繰り返し言われていた昭月には、突然、夜の闇が恐ろしいもののように思えてきた。

「おい」

その時、まるで狙いすましたかのように後ろから声をかけられた。反射的に振り向くと、そこには衫《さん》をだらしなく羽織《はお》った男が三人ほど立っていた。

足元が危うい男が一人いて、一人がその男に肩を貸している。上流階級のみが暮らす坊なので、おそらく酒楼帰りの使用人の類だろう。

「こんなところに、太監《たいかん》様が何の用だよ」

一人が吐き捨てるように言った。訛《なま》りがひどく、所々聞き取れない。最近安京に出てきた者たちかもしれない。

太監様と言いながらも、彼らの態度からは、はっきりとした侮蔑が感じられた。それに酒の力で、随分《ずいぶん》と気が大きくなっているようだ。

振り返ったことを後悔しながら、昭月は彼らに背を向けすぐに駆け出した。

酒に酔った彼らに弁解したところで、話が通じるとは思えない。ならば逃げるしかないと、昭月は考えたのだ。

しかし、ここで小さな計算違いが生じた。

初めて見知らぬ坊まで走ってきた彼女の足は、すっかり萎《な》えて力を失っていたのだ。そこに再び走り出そうとしたため、足が絡《から》んで転んでしまったのである。

昭月の情けない有様に、男たちは下卑《げび》た笑い声を浴びせかけた。

そして嗜虐心《しぎやくしん》が煽《あお》られたのだろう。支え合っている男とは別のもう一人が、昭月の服の襟元《えりもと》を摑《つか》んでねじり上げた。

いだ。

その苦しさに、思わず呻《うめ》きが漏れる。

つま先が地面につくかつかないかのところまで持ち上げられ、昭月は痛みに喘《あえ》

教官に叩きのめされた時には、感じなかった恐怖があった。

あの時は他の学生たちも近くにいたので、いよいよとなれば死ぬ前に助け出してもらえるだろうという考えが心のどこかにあった。

だが今は、金目当てで殺されてどこかに捨てられても、誰にも気づかれないかもしれない。

自分も宋娥のもとに行くのだろうか。

一瞬そんな考えが浮かぶ。

人の魂は死ぬと魂《こん》と魄《はく》に別れ、魂は天に昇り、魄は地に潜《もぐ》ると言われる。そして子孫が先祖の霊を祀《まつ》ると、現世に再生できるのである。

地上で最も高貴と言われる血を受け継ぎながら、ほとんど身寄りがないような状態の昭月である。死ねば祭祀《さいし》は行われず、再生することはできない。

そして宋娥の祭祀も行うことができなかった。仇《かたき》を見つけ出すことも。それが

心残りだ。

「なあお前ら、宦官のあそこを見たことがあるか？」

昭月の襟元をねじり上げていた男が、嗜虐的な笑みを浮かべて言い放つ。他の二人は一瞬呆気《あっけ》にとられ、次の瞬間、またしても笑い声をあげた。

「はは！　ねえよ。よし見てやろうぜ。酒の肴《さかな》に一興《いっきょう》ってやつだ」

「低級が。いい趣味してるな」

男たちは悪友同士なのか、互いに悪口を言い合い楽しそうだ。

一方で、昭月は血の気が引いた。お金を奪われたり暴力を受けるだけならまだしも、名誉を汚《けが》されて死ぬのはどうしても我慢《がまん》ならない。そもそも、儒教は性に対して大らかであるが、女性に対して好き勝手することを決して認めているわけではない。

がたがたと、明らかに先ほどより昭月の体が大きく震える。

歯の根が合わず、カチカチと音を立てるので今にも舌を嚙んでしまいそうだ。

「おお、恐《こわ》いか？　恐い者なしの太監様にも恐いものがあったようだ」

男たちの下卑た笑いが、頭の中に響いてくるような気がした。悔《くや》しいのか恐ろしいのか、後悔しているのか諦観《ていかん》しているのか。

己の感情が暴走しそうになる。

ずっと持ち上げられているせいか、血流が滞《とどこお》り、体が冷たくなっていく。

「おい」

とそこに、新たな人物が現れた。

もう日はとっぷり暮れていて、霞《かす》んだ目ではその姿をはっきりと見ることができない。

昭月は男たちの仲間が来たのかと思ったが、そうではなかった。

「人の邸の前で、何をしている」

そこに立っているのは、汚れた武具を纏《まと》った軍人だった。

一瞬、天祐が帰ってきたのかと期待した昭月だったが、男の身長は天祐より明らかに小さい。

彼女は一瞬でも天祐に助けてもらえるかもしれないと考えた己を、激しく悔いた。

皇太子に会わせてもらうため——つまり天祐を利用するためにここまでやって

きたというのに、その上助けてほしいと望む己の浅ましさを恥じた。

「なんだお前は！」

昭月の体が、重力に従って地面に叩《たた》きつけられる。襟首を摑んでいた男が手を離したのだ。

男たちは、明らかに気が大きくなっていた。汚れているとはいえ、男の纏う武具は正規兵である禁軍のそれである。

たとえ数で優《まさ》ろうとも、この街で禁軍の兵士に手を出してただで済むはずがない。

だが、彼らが地方から出てきたばかりということもあり、男たちは、禁軍に支給される武具がどんなものかなど知らなかったのである。

先ほどまでの酔いはどこへやら。三人の男たちは数の優位に任せ、兵士を取り囲んだ。

昭月は逃げてくれと叫ぼうとするが、喉《のど》が掠《かす》れて声が出ない。

いくら訓練を受けている武官といえど、一度に三人を相手にするのは厳しかろうと思われた。

なにせ兵士の体は、武官とは思われないほど小さく頼りない。

これならばまだ、阮籍の方が強そうだと思えるほどである。

「悠舜《ゆうしゅん》！」

そこに、また新たな人物の声が響いた。兵士の名を呼ぶ声である。

だが、声の主の静止は間に合わなかった。まるでその声を合図にしたように、三対一の一方的な喧嘩《けんか》が始まってしまったのである。

「大丈夫か？」

兵士の名を呼んだ男は、乱闘に加わることなく昭月の許へやってきた。

そして土で汚れた昭月に、大きな手を差し伸べてくれる。

見覚えのある手だった。

「師兄《すひん》……」

緊張が解けたからか、それともすぐそばで乱闘がおこなわれているからか、昭月は混乱の極みにあり、今の気持ちをうまく言葉にすることができなかった。涙が溢《あふ》れ、擦《す》りむいた頬にひりひりと染みた。

そこに立っていたのは、天祐だった。

彼は倒れていたのが昭月だと気づくと、驚きに目を見開き、あろうことかそのまま昭月の体を抱え上げた。

「うわっ」

突然の浮遊感に驚き、涙が止まる。

「摑まっていろ。すぐに手当てを」

そう言って、天祐は連れらしい兵士を置き去りにして、昭月を抱えたまま皇帝が所有する邸に飛び込んだのであった。

◇　◇　◇

「……ったく、信じられないな。交戦中の主君を置き去りにする武官がいるか?」

心底呆れたような声は、天祐のそれより少し高くて甘かった。

言葉遣いは乱暴だというのに、まるで天上の音楽のように響きのいい声だ。

「だから、悪かったと言っている。あの時は夢中だったんだ」

いつもより低い、天祐の声。

その声にはどこか戸惑いと焦りが感じられた。慌てて起き上がろうとするが、全身に痛みを覚え断念する。

以前にも、こんなことがあった。

昭月は夢うつつを漂《ただよ》いながら、必死に声のする方向に意識を傾けた。

一体、何がどうなっているのか、分からないことが多すぎる。

「なるほど。こいつがお前が言っていた変な宦官か。確かに変だな。なんせ……」

「言わないでくれ。俺は本人の口から聞くまで信じない」

「はあ？　着替えさせた下女がそう言ったんだぞ？　どこに疑う余地がある。あのなあ、お前は知らんかもしれんが、いくらついてないとはいえ女のあそこと宦官のあそこは違うんだ」

「いいから黙ってくれ！」

天祐の悲鳴じみた声が聞こえる。

どうやら、眠っている間に女であることがばれてしまったようである。

昭月は目を覚ますのが恐ろしくなった。あれほど優しくしてくれた天祐との関係が、壊れてしまうのが恐かった。

だが、目を覚まさないわけにはいかない。

なにせ昭月の目的の人物が、すぐそこにいるのだから。

「う……」

身じろぎするだけで、体に痛みが走った。

それにしてもどうしてこんな短期間の間に、二度もこんなにまで叩きのめされる羽目《はめ》になるのか。

外は恐ろしいところだ。

あまりに最悪の事態に、少しだけ心がめげそうになる。

「じゃあ、俺は行くぞ。お前も、いつまでも指をくわえて見てないで、襲うなり俺の酒に付き合うなり、どっちかにしろ」

「馬鹿を言うな！」

昭月は思わず笑った。どうやら二人はかなり気の置けない関係らしい。

その笑いで昭月が起きていることに気付いたのか、天祐の気配《けはい》が近づいてきた。

目を開けると、複雑そうな顔をした青年がそこにはいた。

ゆったりとした夜着に着替えさせられている。どうやら先ほど聞いた彼らの会話は、夢ではなく現実だったようだ。

本当であればすぐにでも天祐に謝罪すべきだったが、昭月にはそれよりも先にやることがあった。

それは、部屋から出て行こうとする男を呼び止めることであった。

「お待ち——ください。皇太子殿下」

昭月の言葉に、二人が驚いたのが分かった。

それは彼女の声が苦しげだったからではなく、昭月が男の正体を言い当てたからだった。

「女、お前どうして俺が皇太子だなどと？」

男の声は、先ほどまでのふざけた調子から、がらりと変わっていた。

相手を威圧《いあつ》するような、まさしく王者の迫力《はくりょく》。

昭月はどうにか体を起こすと、痛む体に鞭打《むちう》って寝台の上で叩頭《こうとう》した。

しかし、赦《ゆる》しがあるまで顔を上げることも声を出すこともできない。

本来なら、呼び止めたことすら不敬《ふけい》と断じられ罪に問われてもおかしくないのである。

部屋の中の空気が張りつめる。

どれほどそうしていたのか、頭の向こうからため息を吐《つ》く音が聞こえた。

「よい、直答《じきとう》を許す。その代わり、宦官に扮《ふん》していた理由や天祐を誑《たぶら》かしていた理由を隠すことなく詳《つまび》らかにせよ。隠し立てすれば、どうなるかは分かっているな？」

「悠舜！　彼女は俺を誑かしてなど……っ」

反論する天祐を、皇太子は睨みつける。

「今は殿下と呼べ」

「……は」

天祐は言葉を呑み込むと、その場に膝を折った。本来であれば、いくら名門の息子であろうと皇太子に気安く接することは許されない。

それができていたのは、悠舜が天祐に特別に許しを与えていたからだろうと察しが付く。

二人の主従関係を目のあたりにして、昭月はあの日の天祐の言葉に納得していた。

彼はこの悠舜に仕えるためにあえて武科挙《かきょ》ではなく科挙を受けるという。恵まれた体格と家柄でありながら、それらの通用しない場所で戦おうというのだ。

「長い……話になります。何からお話すればいいのか」

「なに、時間はたっぷりある。酒を持ってこさせろ。今宵は一晩飲み明かすぞ」

今日会ったばかりの甥は、そう言って磊落《らいらく》に笑ったのだった。

◇　◇　◇

酒菜《さかな》を準備するために呼ばれた使用人が下がると、昭月はまず初めに天祐に向かって叩頭した。

「まず最初に、謝らせてください。黄天祐様。結果的にだますことになってしまい申し訳ありませんでした」

天祐がその顔に複雑そうな色を浮かべる。

謝罪を済ませゆっくりと体を起こした昭月は、低い声で己の事情を語り始めた。

その数奇な運命を。

「私は後宮で生まれ育ちました。殿下の御名《みな》を存じ上げていたのもそのためです」

天祐が男を悠舜と呼ぶ声が聞こえた時、体が震えた。その人物こそ、昭月の目的であり天祐を利用してまで会おうとしていた相手だったからだ。

「昭明《しょうめい》……いや、本当の名は知らんがそれは……」

天祐が窘《たしな》めるのも無理はない。

なぜなら、後宮で生まれる子供と言うのは皇帝の子しかありえないからだ。なぜなら、他に子種を持つ男が一人もいないのだから。

しかし、この話を信じてもらわねば先に進むことはできない。

「私の本当の名は、昭月と申します。母の名は先代皇帝の妃嬪《ひひん》が一人、文姫《ぶんき》と申します」

まさかこんな話になるとは思っていなかったのか、天祐が皇太子の様子を窺《うかが》っている。

現在この国で二番目に尊《とうと》いとされる男は、手にした杯の酒を一息にあおると真っすぐに昭月を見つめた。

「昭月だって？　いやでも、まさか……」

昭月の悪評を聞いているのだろう。天祐の狼狽《ろうばい》は明らかだった。

場は酒宴の体《てい》を成しているが、空気は緊迫している。

先ほどまで饒舌《じょうぜつ》だった皇太子は、昭月が話し始めて以降、一言も口をきいていない。

「私は後宮で、宮女の宋娥に匿《かくま》われて暮らしておりました」

だがあえて、昭月は話を先に進めた。

信じてもらうのは難しいだろうということは、昭月にも分かっていた。

だが今は、自分にできることをしなくてはならない。たとえ皇族を騙《かた》ったと罰せられることになろうとも、後宮にいる偽の昭月に少しでも疑念を持ってもらえれば、それでいいとすら思った。

それほどまでに、宋娥を殺し、民草《たみぐさ》の血税で贅の限りを尽くす敵が憎らしく、許し難かったのだ。

そんな昭月の気迫《きはく》に押されたのか、天祐もいつしかその数奇な話に聞き入っていた。

後宮の片隅で、ほとんど人と触れ合わずに生きてきたこと。

ある日突然、目付け役である宮女《きゅうじょ》に後宮を出るよう言われたこと。

彼女の弟である祭酒《さいしゅ》の邸に引き取られた後、願いが叶《かな》い、国子監での聴講ができたこと。

言葉にすればあまりにもあっけない。だがそれは、家族や友人知人に囲まれて生きる人間からすれば、想像を絶する人生だった。

「文姫采女《さいじょ》はなぜ、身ごもったことを隠して出家などなさったのか。そんなことをしなければ、あなたは公主《こうしゅ》として育てられたはずだ。少なくとも、その話を信じるとすれば――だが」

天祐は戸惑いがちにそう言うと、己の主君の様子を窺った。

悠舜は出会った時の印象が嘘のように、昭月の話を否定するでもなく、静かに酒を飲んでいる。

「それは、分かりません。宋娥はこう言いました。大家《こうてい》は必ず私を手に入れようとすると――大家から逃げてほしい。それが、私の母の願いだと」

大家とはつまり、現在の皇帝、そして目の前の青年の父でもある。

昭月から見れば兄にあたる男だが、その情報は圧倒的に少ない。皇帝にみつかると何がいけないのか、宋娥ははっきりとは教えてくれなかった。

だが、現在の皇帝が即位する際、多くの太子や公主が殺されているため、昭月を生きのびさせようとしたのかもしれないという想像はつく。

ただ冷酷無比《れいこくむひ》だと思っていたその皇帝が、どうして後宮で好き勝手にふるまう偽昭月を野放しにしているのか、その訳は全く分からないのだが。

「殿下。後宮にいるという昭月は偽物でございます。どうか厳正《げんせい》なるご処置をお願いします」

話を終えた昭月は、祈るように叩頭した。

返事を待っている間、時間が恐ろしく長く感じられた。

我慢してきた体の痛みが、ここに来て熱を持ったようだ。ひどく体が熱く、気を抜くと再び意識を失いそうになる。

「殿下？」

その時、下げた頭の向こうで布ずれの音がした。おそらく悠舜が立ち上がったのだろう。

もしやこのまま切り捨てられるのか。

あるいは気分を害したと房室《へや》を出て行ってしまうかもしれない。

自分が知っていることはすべて話した。これ以上悠舜の興味を引けそうな情報は昭月にはない。

「その話を俺にすることで。国子監の祭酒に累《るい》が及ぶとは考えなかったのか？」

頭の上から聞こえてきた声に、昭月の体は大きく震えた。

勿論、梁夫妻に累が及ぶことを考えなかったわけではない。だが、天祐に国子監で聴講していたことを知られている以上、建成のことを隠すこともまたできなかった。

「……どうなろうとも老師はきっと分かってくださいます」

「何故《なぜ》そう思う？」

その問いに昭月は顔を上げ、目の前に立つ悠舜をまっすぐに見つめた。

「殿下は梁家の早餐《ちょうしょく》をご存知ですか？」

突然思ってもみないことを聞かれ、悠舜は不思議そうに目を瞬《またた》かせた。

「いや」

「胡餅《パン》と菜羹《やさいスープ》です」

「それは随分《ずいぶん》と……質素だな」

それは彼が皇太子だからそう思うのではなく、一般の生活水準から見ても十分に質素と言えるものであった。

「梁老師は玄端《くろふく》に着替え、毎朝それをお食べになります。祭酒という地位にあろうとも、質素倹約《しっそけんやく》に努め夫子《ふうし》の教えを守っておいでなのです。そのような方が、後宮での誤りを正さずにいるのは、おそらく私の身を案じての事でしょう。ですが、後宮で贅を尽くす人物がもし本物の公主であったとしても、陛下をお諫《いさ》めしなければ義に悖《もと》ります」

一息に言いきった昭月は、言い終えると肩で荒く息をした。

そもそも、本調子ではないところを気力だけで無理やり起きているような状況である。

死を覚悟しての諫言《かんげん》は、下手《へた》に動くよりもよほど神経を消耗《しょうもう》させた。

すると、悠舜の右手が伸びてきて、がしりと昭月の頭を摑む。

天祐と比べて体格は劣るが、手のひらは昭月のそれより大きい。身動きもできず、昭月はまるで命そのものを握られているような気になった。

「殿下！」

見ていられないとばかりに、天祐が立ち上がる。

だが悠舜は天祐を開いた左手で制すと、乱暴な手つきで昭月の髪をかき分けた。

「ああ、あった」

なにがあったというのか、機嫌《きげん》のよさそうな声が逆に不安を誘った。

「一体何があったと……」

訝《いぶか》しがる天祐に、悠舜は明かりを持ってくるよう命じた。

手燭《てしょく》をもって近づいてくる天祐の影に、動かないよう頭を掴まれたままの昭月は息を呑む。

「見ろ。ここだ」

悠舜はそう言うと、うなじから少しそれた場所をとんと指で押した。

「つっ」

手燭の明かりに照らし出されたのは、髪に隠れた小さな傷跡だった。

「これは……？」

「俺が赤ん坊だった昭月を落とした時に、ついた傷跡だ」

「えっ」

驚く二人を前に、悠舜はにやりと笑ったのだった。

◇　◇　◇

「流石《さすが》に覚えていないだろうが、俺はお前と会ったことがあるんだ」

そう言って悠舜が語りだしたのは、昭月も知らない真実だった。

「もう十六年は前になるか。父が即位し、俺の家はここから臥龍城になった。まだ冠礼《せいじん》していなかった俺は突然に後宮にぶちこまれることになった」

まるで吐き捨てるように、悠舜は言った。

どうやら後宮での日々は、彼にとってあまり愉快なものではなかったらしい。

「女、女、女みたいな変な奴。にこにこしながらやたら俺に構ってくるやつばかりで、気味《きみ》が悪かった。子供はいないし、遊び相手もいない退屈な日々だった。俺に取り入ろうとする気味の悪いやつらから、いつも逃げてた。そうやって逃げた先で、俺はお前に出会ったんだ」

そう言って、悠舜は昭月を見た。

だが十六年も前となると、昭月はまだ赤ん坊である。その出会いを、覚えていないのも無理はない。

「後宮の片隅に、まるで隠されてるみたいに、その宮はあった。中から赤ん坊の泣き声が響いていて、俺は不思議に思って中に入ったんだ」

一息つくように、悠舜は杯《さかずき》の酒を呷《あお》る。

「寂しい房室の中に、赤ん坊が寝かされていた。周りに人の姿はなくて、俺はその赤ん坊に近づいた。俺はその時、後宮に赤ん坊がいるおかしさに気付いてなかった。まるで天祐が生まれた時のように思えて、思わず抱き上げようとした」

思いもよらぬところで名前を出されて、天祐が狼狽《うろた》えたのが分かった。

「だが、外から人の足音が聞こえてきて、慌《あわ》てた俺は赤ん坊を落としてしまったんだ。赤ん坊の頭から血がどくどく流れて、俺は恐ろしくなって逃げた。後ろからお前の名を呼ぶ女の悲鳴が聴こえてきて、俺は怖くてたまらなかった。それからしばらく、俺はいつお咎《とが》めがくるのかと落ち着かない日々を過ごした。不思議な宮と赤ん坊の話は、誰にもできなかった。己の罪を明らかにするのが恐かったんだ」

そうして己の弱さを告白する彼は、先ほどまでとはまるで別人のようだった。

「誰かにこの話をしたのは初めてだ。俺は後宮に嫌気がさして、そのあとすぐにまたここで暮らすようになったから、ずっと思い出しもしなかった。思い出したのはつい最近のことだ。後宮に突然父の妹が現れて、その名も昭月だという。俺はあの日のことを思い出した。王の妹を傷つけるなど大変な罪だ。それに頭の傷跡は、結婚に差し障《さわ》るであろう。その罪悪感から、俺は今まで昭月の悪行《あくぎょう》を野放しにしていた。そして昭月のしたいようにさせている父を、諫めることすらできなかった。全くなさけない。命がけで俺に意見しようとしたお前とは大違いだな」

そう言って、悠舜は昭月に目をやり自嘲《じちょう》する。

「だがまさか、その昭月が偽物で、本物は男に混じって国子監の講義を聴講していたとは。この愚かな甥《おい》を、赦《ゆる》してくださいますか？　叔母上《おばうえ》」

突然口調を変えた悠舜に頷《うなず》くこともできず、昭月は思わず天祐と顔を見合わせたのだった。

第六幕　昭月《しょうげつ》の決断

格子窓《こうしまど》から月明かりが差し込んでいる。

その日浮かんでいたのは、詩の一つも捻《ひね》りたくなるような美しい月だった。

月の女神《めがみ》とも呼ばれる嫦娥《じようが》は、あの美しい月の上で何を考えているのだろうと、昭月《しようげつ》はぼんやり考えた。

奇妙な祝宴《しゆくえん》は既《すで》に幕が下り、昭月は初めに寝かされていた寝台の上にいた。

体は疲れているのに、神経が高ぶっているらしく、なかなか眠りにつくことができない。

とにかく、想像しうる、最もよい展開になったと言える。悠舜《ゆうしゆん》は、梁家《りようけ》を罪に問わないと確約してくれた。

昭月の処分が今後どうなるかはまだ分からないが、おそらくもう国子監《こくしかん》に戻ることはできないだろう。

どこへ行っても書物さえあればやっていけるとは思うが、天祐《てんゆう》に教えてもらった射礼《しゃれい》を生かすことができないのがひどく残念だった。

女だと分かってからの天祐は妙によそよそしくて、このままお別れになると思うと妙に悲しく感じられる。

それなら最初から性別など偽《いつわ》らなければよかったのか。しかし女のままでは、国子監での聴講も許されなかった。初めから、共に学び合う朋《とも》を作ることなど無理だったのかと、己の願いの難しさを知る。

だが昭月は、これまでの日々を後悔《こうかい》していなかった。

勿論《もちろん》、宋娥《そうが》を後宮《こうきゅう》で一人死なせてしまったのは痛恨事《つうこんじ》だが、偽の昭月が処分されて宋娥を殺した犯人さえ見つかれば、彼女の魂魄《こんぱく》も安らぐことだろう。

これからどうなるのかということについて、正直なところ昭月は想像がつかないでいた。

なんとなく今のままではいられないだろうなとは思うものの、実感が薄く、うまく考えがまとまらない。

その時、房室《へや》の入口から人の気配《けはい》がした。使用人が来たのかと思い目をやると、そこに立っていたのは天祐だった。

「師兄《すひん》」

いつものようにそう呼んでから、自分にそんな風に呼ぶ資格はないのかもしれないと気づく。

なぜなら昭月は、天祐に皇太子を紹介してもらおうと思ってここに来たのだから。

「失礼しました。天祐公子《こうし》」

貴族の子弟につける尊称で呼ぶと、思い切り不本意《ふほんい》そうな顔をされた。

「そのように呼ぶな。天祐でいい。いや……私の方が言葉遣いを改めるべきでしたね。昭月公主《こうしゅ》」

確かに今更尊称を付けられても背中がぞわぞわするだけだと、昭月は身をもって学んだ。

「やめてください。せめて最後ぐらいは、朋《とも》のままでいてくださいませんか」

思わずそう願い出ると、いつもどこか不機嫌そうに見える天祐が珍しく口元を緩《ゆる》めた。

「望むところだ」

そう言うと、天祐は静かな足取りで寝台の傍《かたわ》らに立った。

夕刻に出会った暴漢と同じ性を持つ相手であるというのに、昭月は彼を恐ろしいとは思わなかった。

「何をしていた？」

「月を……見ていました。随分《ずいぶん》明るい月だなと」

窓から差し込む光は、昼を思わせるほどに白く強い。しかし熱はなく、昼間の街の喧騒《けんそう》も今は鳴りを潜めている。

「ああ、思わず舞いたくなるような月だ」

花間《かかん》一壺《いっこ》の酒、独り酌《く》んで相親《あい》しむもの無し。

杯《さかずき》を挙げて明月を迎え、影に対して三人と成る。

月既《すで》に飲《いん》を解《かい》せず、影徒《いたずら》に我が身に随《したが》う。

暫《しばら》く月と影とを伴い、行楽須《すべか》らく春に及ぶべし。

我歌えば月徘徊《はいかい》し、我舞えば影零乱《りょうらん》す。

醒《さ》むる時ともに交歓《こうかん》し、酔うて後は各々分散《おのおのぶんさん》す。

永く無情《むじょう》の遊《ゆう》を結び、相期《あいき》す遥かなる雲漢《うんかん》に。

天祐が低い声で歌う。最近流行《はや》りの詩人の作だという。

花の中で壺の酒を独り酌んでは、親しむ相手もいない。
だから杯を月に挙げて私と影と月、三人の仲間となった。
だが、月は酒の楽しみを知らないし、影はただ私の体に付きまとうばかりだ。
ひとまずこの月と影を友として、春の宵《よい》を楽しもう。
私が歌えば月が動き、私が舞えば影が乱れ動く。
素面《しらふ》のうちは歓びを交わしても、酔ってしまえば、散り散りになってしまう。
無情だが、ゆえに永遠の交遊を結び、遥かな宇宙《そら》での再会を約束しよう。

月に照らされた花の中で酒を飲む、その光景が目に浮かぶようだった。
男は月を一夜限りの酒の友として歌って踊り、最後は稚気《ちき》で月との再会を約束する。

なんとも楽し気な詩なのだが、昭月の感想は違った。

「寂しい詩ですね」

「なぜそう思う？」

同じ月を見ていても、天祐の訝《いぶか》しげな顔が目に浮かぶようだ。

「〝私〟は、もう会えない誰かと共に酒を飲んでいるように思えて……。月をその人に見立てて、詩や舞を捧《ささ》げているように思えたのです」

昭月がそう感じたのは、自らも悼《いた》む相手がいるからかもしれない。

二度と会えない相手と、酒を飲むことはできない。けれど他の誰かと飲むこともできなくて、一人杯を手向《たむ》ける男の姿が昭月の脳裏には浮かんでいた。

「なるほど、そういう解釈もあるのか」

そう言ったきり、天祐は黙り込んだ。

別れを惜《お》しむ詩だと思うと、その詩は二人の別れを暗示しているように思われて仕方ないのだった。

公主だとばれたからには、昭月は今のままではいられない。どんな処分が下るかは分からないが、後宮に連れ戻されるのは間違いない。

昭月の母が危惧《きぐ》したように処分されるか、あるいは公主として遇されるのか、全ては皇帝の気持ち一つである。

「逃げるか？」

ぽつりと雫《しずく》のように落とされた問いかけに、思わず天祐を見た。

意図《いと》した発言ではなかったらしく、天祐自身も驚いた顔をしている。

「戻りたくは、ないのだろう？」

むしろそうであってほしいと願う気持ちが、天祐の声音《こわね》からは感じられた。

しかし昭月は、静かに首を振る。

「逃げては仁《じん》に悖《もと》ります。それをすれば、私が私ではなくなってしまう」

そうは言いつつも、一瞬、胸に喜びの感情が湧き上がってきたことを、否定はできなかった。

「さしずめ俺は羿《げい》という訳だ」

嫦娥《じょうが》に逃げられた夫の名をあげ、天祐は苦《にが》く笑った。

ならば自分は月に昇って蟾蜍《がまがえる》になるのかと、昭月は思わず破顔したのだった。

◇　◇　◇

翌日、昭月は天祐に別れを告げ、悠舜《ゆうしゅん》と共に臥龍城《がりょうじょう》へと向かった。

最後に一度、梁家の人々に会って直接礼が言いたかったが、皇帝と面会の約束を取り付けたと言われれば、断れるはずがない。どうやら悠舜は、昨日のうちに城に遣いを走らせていたらしい。

迅速《じんそく》に手を打ってくれるのはありがたいが、どうしてそんなに早くと首を傾《かし》げたくなった。

いくら昭月が世間知らずとはいえ、多忙《たぼう》な皇帝にすぐに会えるとは思っていない。

そもそも、直接会いたいとすら思わなかった相手だ。後宮《こうきゅう》にいる昭月が偽物であるということは、悠舜の口から皇帝に伝えてもらえればそれでいいと考えていた。

「緊張しているのか？」

馬に乗れない昭月のために用意された馬車は、貴族用の囲《かこ》いつきのそれである。

昭月の性別を確認したらしい下女に着せられた襦裙《じゅくん》は流行《はや》りの柘榴《ざくろ》裙で、むらなく染められた赤はいかにも公主のそれらしかった。宝玉《ほうぎょく》を象嵌《ぞうがん》した蝶の頭飾りに、惜《お》しみなく金を使った首飾り。なにせ帯にまで細かな細工が施《ほどこ》されているのだ。

倹約を尊ぶ昭月であるから、悠舜にこれを着ろと言われた時には辟易《へきえき》した。皇帝の前に出るのならばそれらしい恰好《かっこう》をという言い分は分からなくもないが、どうしてこんな服が独身の悠舜の邸《やしき》にあったのか、首を傾《かし》げたくもなる。

「私ならば、突然着飾った女が妹を名乗り出てきたら警戒しますが……」

一応それとなく拒絶しようとはしてみたものの、すぐに悠舜に言いくるめられてしまった。

どうやらこの年上の甥御は、煮ても焼いても食えない性格のようだ。

ともかく、今すぐにでも覚悟を決めなければいけない状況らしい。

昭月は束の間、昨夜の出来事を思い浮かべた。

天祐と会うのは、おそらくあれが最後になるのだろう。

大きく息を吸って、ゆっくりと吐く。

そもそも、軽い気持ちで悠舜に会いに来たわけではない。

むしろ昭月は、最悪の事態も覚悟していた。

今の状態が、健全であるはずがない。そもそも偽りに偽りを重ね生かされてきた自分の存在そのものが、間違っていたのだ。

天祐には言わなかったが、歴史を愛し深く学んでいる昭月だからこそ、そう思わずにはいられなかった。

皇帝が絶対的な権力を持つ龐《ほう》において、皇帝の血を引く皇族は常々禍《わざわい》の元である。歴史を紐解けば、その血によって引き起こされた戦乱は数えきれないほどだ。

それは龐だけにとどまらない。大陸の中原《ちゅうげん》に覇《は》を唱《とな》えた国々は、龐の前にもあった。そしてそれらは、多くはその血によって権力が分かたれ、そして滅んだのである。

勿論、だからといって皇族が常に皇帝一人というわけにはいかないことは分かっている。子供の成人する確率もそう高くないのだから、不測の事態に備え皇帝の予備としての皇族はどうしても必要になる。

なにせそのための後宮であり、そのための制度だからだ。

後宮という場所は女性が数千を数える一方で、男性は皇帝一人という極めて不健全な状態ではあれど、貧しい人々の最後の受け皿としての側面も持っている。

だが今重要なのは後宮の是非《ぜひ》ではない。問題は先の皇帝の娘という如何《いか》にも利用されやすい立場についてである。

それはあまりにも、皇帝に近い。

もし昭月が男子を産めば、その子が皇帝になってもおかしくないほどの近さである。

ただ昭月自身は、そんなつもりは全くない。そんなこと望みもしないし、むしろ迷惑だとすら思う。

だが――おそらく偽の昭月はそうではない。

際限なく物欲を満たす彼女のことである。息子を皇帝に据《す》え皇太后《こうたいごう》となれば、もはや彼女を止めることのできる者はいなくなる。

勿論、皇帝、皇太子共に健康である今からそんな心配をしている者は少ない。

そして思っていたとしても、口にできるはずもない。

実父を殺して皇帝位を得た男にそんなことを聞かれようものなら、自らの命が危ないと口を噤《つぐ》む者がほとんどだろう。

偽昭月を好きにさせている皇帝の態度が、その疑念に拍車《はくしゃ》をかける。

自らが皇帝位につくため躊躇《ためら》いなく兄弟たちを屠《ほふ》ってきた男だ。それが唯一《ゆいいつ》歳の離れた異母妹にだけ甘いとなれば、諫《いさ》めるよりも取り入った方が得というもの。

事実、偽昭月への賄賂《わいろ》が横行し、それが更に彼女を増長させるという悪循環に陥《おちい》っていた。

つまり、この問題は偽昭月を廃《はい》しただけでは決して収まらないということだ。どんな理由で皇帝が偽昭月に好き勝手させているかは知らないが、たとえ後宮にいる昭月が偽物だと証明できたところで、龐の富を好きにむさぼることのできる昭月という娘がいる、という事実は消えないのだ。

勿論、自分なら決してそんなことはしない。それは昭月自身が一番よく分かっていることだ。

だが昭月を知らない人々にとっては、そうではないのだ。

先の娘は偽物だったらしいが、昭月という娘は実在するそうだ。ならばその娘に賄賂を贈れば、栄達《えいたつ》が叶うのでは？　冷徹《れいてつ》で知られる皇帝にも、この異母妹を利用すれば付け入るスキがあるのでは？

そう思われてしまうだろう。

つまり偽物を暴《あば》いて排除したところで、昭月という人物が現在の皇帝にとって急所であるという事実は、変わらないのである。

それに、もし自分が本物であると認められれば、昭月は不自由な後宮に逆戻りとなってしまう。

一度学ぶことの楽しさを知ってしまった自分が、宋娥《そうが》のいない後宮に戻って何が楽しいことがあるというのか。

たとえ三千の美女に傅《かしず》かれようが、絹や玉で着飾り黄金を贈られようが、なにも楽しいことなどないのである。

後宮の奥深くで飼い殺しにされるか、臣下《しんか》に降嫁《こうか》させられ夫に仕《つか》えよと命じられるか、どちらにせよ、昭月の心は死ぬだろう。

普通の女の幸せも、昭月にとっては心惹《ひ》かれぬ空虚《くうきょ》な牢獄《ろうごく》にすぎないのだから。

ならばいっそのこと――。

昭月がそう思っても、仕方のない状況ではあった。

◇　◇　◇

城に到着すると、当たり前だが、誰にも止められることなくまっすぐ最奥部まで進むことができた。

誰もが悠舜の存在に足を止め、頭を下げる。

これでは止められるはずがない。

承天門《しようてんもん》の朝堂《ちようどう》に入ることさえ咎《とが》められたことを思えば、当たり前とはいえ、反応の違いに驚くばかりであった。

さすがに皇帝の私的なスペースである内廷《ないてい》に入る際にはひと悶着《もんちやく》あったものの、悠舜が父の客だからと言えばそれで押し通れる程度のものであった。女の兇《こ》手《しや》がいたらこの国は危ないのではないかと、余計な心配をしたりもした。

皇帝ははじめ、なぜ突然息子がやってきたのか分からない様子だった。

「突然どうした。会わせたい者がいるなどと」

悠舜は、先んじて使いを送ったと言っていた。まあそうでもしなければ、こうも早く拝謁《はいえつ》することなど、たとえ皇太子でも難しかったに違いない。

昭月は作法通り、叩頭《こうとう》し顔を伏せている。不思議と緊張はなかった。ただ、皇帝に言うべきことははっきりと決まっていた。

「突然の拝謁をお許しいただきありがとうございます。大家《おおや》、ですが用件に入る前にお人払いを」

すぐさま人払いを要求した悠舜に、居並ぶ官吏《かんり》や警護のための武官が騒《ざわ》めいた。

「殿下、いかなあなた様であろうとも、見知らぬ女人《にょにん》を連れてそのような」

どこからか飛んできた声には、戸惑《とまど》いの色がありありと浮かんでいた。

だが。

「……よい。お前たちは下がっておれ」

皇帝は悠舜の申し出を許可すると、身の回りに侍《はべ》っていた官吏や武官を下がらせた。

悠舜のことをよほど信頼しているのか、それともたかだか息子と女一人でできることなど、たいしたことはないと高を括《くく》っているのか。

とにかく房室の中が完全に静まり返るまで、昭月は叩頭したまま息を殺していた。

「顔を上げよ」

皇帝直々《じきじき》に声をかけられ、昭月はゆるゆると頭を上げる。

そうして相対した皇帝は、年よりも老けて見える小柄な老人だった。

昭月は意外な気がした。自らの父を弑《しい》して帝位を奪った男と聞いていたから、もっと野心的で好戦的に見える男だろうと想像していたのだ。

だが皇帝になって十余年が経過した男は、瞳の奥に諦観《ていかん》を感じさせる寂しげな老人だった。

天を表す玄《くろ》い衣と、地を現す黄色い裳《も》を纏《まと》っていなければ皇帝とわからないほどである。そもそも黄色は皇帝しか身に着けることを許されぬ色である。

こうして皇帝と相対するのが殿試《でんし》でないのは残念だが、ようやく物事を正す時が来たのだ。

　そんな昭月の決意をよそに、彼女の顔を見た皇帝は、まるで亡霊でも見たかのように目を瞬《しばた》かせた。

「そ、そなたは……っ」

「大家《おおや》？」

　悠舜が訝《いぶか》しむ。

　なぜなら、昭月は皇帝と血こそ繋がっているものの、一度も顔を合わせたことはなかったからだ。そしてそのことを、昭月は事前に悠舜に伝えてあった。

「悠舜、お前は下がれ」

　低い声で皇帝が言う。

　これにはさすがに驚き、悠舜と昭月は顔を見合わせた。初対面の女と、二人きりになろうというのだ。息子が連れてきたとはいえ、いくらなんでもこれはあり得ない。

「ですが……！」

「下がれと言っている！」

悠舜は抵抗しようとしたが、皇帝に一喝され、退出した。先ほどまでただの老人に見えていた人物が、今は目を光らせ息子を威圧《いあつ》している。

昭月の背中がぞくりと粟立《あわだ》った。

その迫力は、確かにこの男こそ国を治める天子《てんし》なのだと思わせた。

昭月を気にしつつ、悠舜が房室を辞する。朝議《ちようぎ》を行う殿堂《でんどう》ほどではなくとも、二人で向かい合うにはあまりにも広い空間だ。

そこに、しんと緊張を孕《はら》んだ沈黙が落ちる。

己の鼓動《こどう》の音が、どくどくとやけに大きく感じられた。

一刻も早く要件を口にしてしまいたかったが、相手はこの国で誰よりも高い地位にいる人間である。促《うなが》されるまで、こちらから話かけることはできない。

「ああ、お前は……」

重い沈黙の後、皇帝は言った。

「もっとちこう寄れ。その顔をよく見せておくれ」

感極《かんきわ》まったように言う。

予想もしていなかった反応に戸惑《とまど》いながら、昭月は恐る恐る玉座《ぎよくざ》に歩み寄った。

もっともっとと急《せ》かされるうちに、昭月はいつの間にかその老人のすぐ目の前まで歩み寄っていた。

手を伸ばせば、触れてしまいそうな距離である。

皇帝に直接事情を説明することさえできればいいと考えていた昭月は、まさかこれほど近づくことが許されるとは思わず息を吞んだ。

頭に乗せた細長い板のような冕冠《べんかん》からは糸で繫いだ五色の玉が白雨《にわかあめ》のように垂れ下がり、彼のその尊い地位を表わしている。

老人のように思えたが、近寄ってみると壮年期《そうねんき》だと言えなくもない。部屋や玉座が大きすぎて、遠目にはやけに体が小さく感じられたのだ。

「やはり、よく似ている……」

なんのことか理解できなかった。

母のことを言っているのだと気が付いたのは、後になってからだ。

「母を、ご存じなのですか？」

「ああ、知っておる。よく知っておるぞ……」

遠い過去を見るかのように、皇帝が目を細める。

そして次の瞬間、驚くべきことが起きた。天子たる皇帝が、昭月の目の前で滂《ぼう》沱《だ》の涙を流したのだ。

「なっ」

やはり、皇帝は昭月の母を知っていた。けれど驚きはこれだけでは終わらなかった。

「全ては朕《ちん》が悪いのだ……」

泣きながらそう吐露《とろ》する皇帝は、神にも等しい存在にはとても思えなかった。

ただの哀《あわ》れな老人に見えた。

「そなたの母に――文姫に、朕は許されぬ恋をした」

一瞬、何を言われたのか昭月は理解できなかった。

なぜならそれは、文姫が末端とはいえ先帝の妃《きさき》だったからだ。

龐は近隣諸国随一《ずいいち》の文明国だった。匈奴《きょうど》などでは当たり前の、父の妻を寝取る行為は鳥獣《ちょうじゅう》にも劣ると忌《い》み嫌われ、決して許されることではなかったのだ。

皇帝が許されぬ恋と言ったのも、そのためだろう。

「当時、そなたの母は後宮では目立たぬ娘だった。実家がそう大きいわけでもなく、千里に聞こえる美女でもなかった。どの娘も皇帝の寵愛《ちょうあい》を得ようと妍《けん》を競《きそ》う中で、文姫は一人静かに詩作をすることを好んだ。穏《おだ》やかな――優しい娘だった」

当時を思い出しているのか、皇帝の目は遠くを見ていた。

「彼女と出会い、朕は安らぎを知った。言葉を交わすだけで幸せだった。だが、ずっとそうしてはいられなんだ」

老人の目に、影のようなものが降りた。

「父は――猴帝《こうてい》は老いてもなお性欲衰えぬ獣じみた男であった」

話を要約すると、こうだ。

当時、文姫は采女《さいじょ》として後宮に埋もれた存在だったが、詩文の才があり注目を集め始めていた。

そしてついに先帝が文姫に興味を持ったと知るや、この男は父である皇帝に毒を贈り文姫を我がものにしようとしたのである。

「そんな……」

衝撃的な話に、昭月は思わず息を呑んだ。

だが、話はこれだけでは終わらない。

親兄弟を殺し、謀略《ぼうりやく》の末に天子の位を得たものの、文姫はこれを喜ばなかった。

彼女は代々官吏の家柄の生まれで、自らも厳しく育てられていたためだ。

だからこそ古くからの慣例を重んじ、ぜひ王后《おうこう》にと乞う皇帝を拒絶した。猴帝の息子と通じていたという後悔の念とともに、父の妃を娶《めと》るなど獣にも劣ると言って。

彼女は己の父を殺した皇帝を恐れ、逃げるように尼になったのである。そしてその時すでに、文姫は昭月を身ごもっていた。

つまり昭月は、猴帝ではなく現皇帝の娘だったというわけだ。

驚きこそしたものの、特に嬉《うれ》しいとも悲しいとも思えなかったのは、昭月が親という存在に対して微塵《みじん》も期待していなかったからかもしれない。

そして皇帝は、何度遣いを出そうと、文姫は結局、死ぬまで感業寺に留まったこと。彼女の死後、他の尼から彼女が子を産んでいたことを聞かされたが、見つけ出すことができずにいたということを話した。

己の身の上のことであるにも関わらず、昭月は驚きこそすれ、まるで他人事《ひとごと》のように話を聞いていた。

そもそも、今重要なのは昭月の出自《しゅつじ》ではなく、後宮で好き勝手にふるまう偽昭月を一刻も早く除かねばならないということだ。

そのためにこうして、天祐や悠舜に無理を言って皇帝に直訴《じきそ》しにきたのだから。

「……ようやく文姫の子と思われる娘が名乗りを上げたはいいが、かたくなに朕を拒絶し顔を合わせようとせぬ」

一度も会ったことがないのだから偽物と見抜かれるようなことはないと思うが、それでも、もしものことを考えて偽昭月は謁見《えつけん》を拒絶しているのだろう。

「ですが、陛下はこの国の天子《てんし》にあらせられます。一言連れて来いと命じれば、すぐに面会もかなったでしょう」

どうして会うことすらせず好き勝手にさせていたのかと、昭月は責めるように言った。もし皇帝がすぐに偽昭月を排除していれば、宋娥が死ぬことだってなかったかもしれないのだ。

昭月の言葉に、皇帝は複雑そうな顔をする。

「できるものならそうしよう。だがあの者には先帝を看取った内侍《ないし》がついておるのだ」

内侍とは、後宮で直接皇帝の世話をする役職だ。直接皇帝と接することから位が高く、後宮生まれの昭月も一度も会ったことがない。

その言葉の意味を考えて、昭月ははっとした。

先帝を看取ったということは、その死因――つまり先帝が誰の贈った毒によって死んだかを知っている人物ということである。

今更そのことを公《おおやけ》にしたところでどうなるとも思えないが、現帝にとっては排除したくてもできない厄介《やっかい》な人物ということなのだろう。

だからこそ、この国を統《す》べる男は娘に一目会いたいと願いながらも放置することしかできなかったのだ。

全ての事情を聞き終え、昭月の胸に残ったのはひどく虚《むな》しい思いだけだった。

結局、目の前の老人は、一人の女欲しさに父を殺し帝位を奪い、自らの保身のために己の兄弟までも手にかけたのだ。

結果として、国がよく治まったので名君と呼ばれているが、娘である昭月を人質にされては宦官の言いなりになりかねない人物と言うことである。

自分という存在の歪《いびつ》さに、昭月は小さくため息をついた。

「恐れながら、陛下に申し上げます」

昭月が何を言うのかと、皇帝は不安そうにこちらを見る。

「その花が国を危うくするのならば、花と言わず根までも取り去るべきでしょう」

――昭月という存在はこの国にとって害悪である。

昭月はまるで睨《にら》むように皇帝を――父をまっすぐに見据《みす》えた。

「なんと……」

老人は目を見開き、嘆息《たんそく》した。

己を花と例《たと》えた昭月は、自らその花を手折《たお》るべきだと進言したのだ。偽物だけでなく根から、つまりは己ごと消し去るべきだと。

「なぜそのようなことを言うのか！　偽物を駆逐《くちく》して、後宮を今すぐそなたのための花園としよう。みずみずしいまま手折られるは、あまりに憐《あわ》れではないか」

思わぬ申し出に、皇帝は激昂《げきこう》した。

ようやく会えたと思った娘が自ら死を賜《たまわ》りたいと言うのだから、それも無理からぬことである。

「陛下、後宮は陛下の花園でございます。既《すで》に多くの鮮《あざ》やかな花が咲きますれば、庭師が不要な花を刈《か》るのは当然というもの。名もなき野草にございますれば、必要以上に情《なさけ》をかけるものではありません」

「なぜだ……それほどまでに朕が憎いか……」

「いいえ。わたくしはただ、道理をお話ししているのでございます」

決して翻意《ほんい》せぬ昭月の態度に、皇帝は玉座《ぎょくざ》で項垂《うなだ》れた。

沈黙する皇帝に、昭月は暇《いとま》を請《こ》い房室を後にする。外で待っていた悠舜が、どうしたのかと尋ねてきた。

やけにさっぱりした顔の昭月を、訝《いぶか》しく思ったからに違いない。

◇　◇　◇

それからすぐに、昭月公主が皇帝の怒りを買い処刑されたと、巷《ちまた》で話題となった。

彼女を嫦娥《じょうが》と呼び、先帝の時のような重税を恐れていた人々は快哉《かいさい》を叫んだ。

だが、それまで嫦娥を野放しにしていた皇帝がどうして突然心変わりしたのか、それを知る者はほとんどいなかった。

そして何事もなかったかのように、まるで最初から昭月などという公主はいなかったかのように、やがて人々はその名前を忘れてしまった。

終幕

月を見ながら、天祐《てんゆう》は一人杯《さかずき》を傾《かたむ》けていた。

国子監《こくしかん》に現れた妙な宦官《かんがん》がいなくなって、もう半年ほどになる。

城に向かう馬車を見送った後、天祐は昭月《しょうげつ》に頼まれた手紙を国子監の祭酒《さいしゅ》夫妻に手渡した。

夫人は泣いていた。

祭酒は怒り、そんな行動力までいらなかったのにと手紙を読みながら呟《つぶや》いていた。

あの日以来、学問にも身が入らぬ日々が続いている。会試《かいし》まで半年を切っているというのに、気づくと昭月のことを思い出してしまい、もっと自分にできたことがあったのではないかと考え込んでしまうのだ。

あの日、稚気《ちき》に溢《あふ》れた酒飲みの詩を、別離の詩と解釈した昭月。

こうして一人、白い月を見上げて杯を傾けていると、なるほどそのように思えてくるから不思議だ。

ふと気が向いたので剣を抜き、詩に倣《なら》って月と影を伴《とも》に舞ってみる。

風を切る音が鳴る。生きているのか死んでいるのか、それも分からない娘に、

「お前は今どこにいるのか」と心の中で問う。

まるで流星《りゅうせい》の如き一瞬のきらめき。

なのに天祐の中に、忘れられない感傷《かんしょう》を残していった。

酒のせいか、足から力が抜ける。気を抜けば剣がこの身を切り裂くだろう。

飲酒すると人の本性《ほんしょう》が現れるとされ、酒を飲んで弓を射る作法もあるほどなので、天祐も酒程度でそれほどの失態を犯すことはない。

弓の名手である羿《げい》もおそらく、そう簡単に出し抜かれるような人物ではなかったはずだ。

ならば彼は、妻に仙丹《せんたん》を盗まれても、あえて見て見ぬふりをしたのかもしれな

い。

そして月に昇った妻を、こうして一人寂しく見上げることがあったのだろうか。

そんなことを考えていると、さくさくと草を踏む音がした。

客人がくるまで近づかないよう使用人に言いつけておいたので、待ち人がやってきたのかもしれないと思った。

今日久しぶりに、悠舜《ゆうしゅん》から家を訪ねるという先ぶれを受け取った。

彼に会うのも、あの日以来である。

昭月はどうなったのか、その答えが知れると思うと、じっとしていられず、こうして一人先に酒宴を始めていたという訳だ。

花の少ない季節ではあるが、黄邸《こうてい》の院子《にわ》では南天《なんてん》が赤々とした実を付けている。

「遅かったじゃないか。先に始めているぞ」

振り向かずに言うと、予想とは違う返事が返ってきた。

「久しぶりですね、師兄《すひん》」

天祐は驚きを覚え、剣を下ろして立ち止まった。影もまた彼に従い動きを止める。

視線の先に立っていたのは、見慣れた宦官姿の昭月だった。

「どうして……」

天祐は剣を鞘《さや》に戻すと、恐る恐る彼女に近づいた。

すり切れるほど何度も思い返した記憶よりも、実際の彼女は少し大人《おとな》びて、宦官の服を着ていても、天祐には女にしか見えなかった。

彼女を宦官だと信じていた頃の自分の目は、おそらく節穴《ふしあな》だったに違いない。

「昭月は死にました。今の私は、ただの昭明《しょうめい》ですよ」

正直なところ、天祐には昭月の言葉の意味など分からなかった。

ただ彼女が生きているだけで、生きて目の前にいるだけで、その理由などどすぐにどうでもよくなってしまった。

「昭明！」

彼は訪ねてきた朋《とも》の両足を摑《つか》んで抱え上げた。こうしてしまえばもうどこにも行けないだろうと思った。

「え、ひゃぁ！」

驚いた昭月が甲高《かんだか》い悲鳴を上げる。

だがすっかり高揚《こうよう》している天祐には、その悲鳴すら逢瀬《おうせ》を彩《いろど》る音色になる。

南天の下、月と私とあなた。

二つの影が、まるで踊っているように揺らめいた。

本書は、書き下ろし作品です。
この物語はフィクションです。

著者紹介

柏てん（かしわ　てん）

茨城県出身。2014年4月より、Web上での小説公開を開始。『乙女ゲームの悪役なんてどこかで聞いた話ですが』で、出版デビュー。著書に、『壁の花令嬢のおかしな結婚』『脇役令嬢に転生しましたがシナリオ通りにはいかせません！』『王子様なんて、こっちから願い下げですわ！』、「京都伏見のあやかし甘味帖」シリーズなど。

ＰＨＰ文芸文庫　後宮の月は、南天に舞う
臥《が》龍《りょう》城の奸臣

2021年５月25日　第１版第１刷

著　者　柏　てん
発行者　後藤淳一
発行所　株式会社ＰＨＰ研究所
東京本部　〒135-8137　江東区豊洲5-6-52
第三制作部　☎03-3520-9620（編集）
普及部　☎03-3520-9630（販売）
京都本部　〒601-8411　京都市南区西九条北ノ内町11
PHP INTERFACE　https://www.php.co.jp/
組　版　有限会社エヴリ・シンク
印刷所　株式会社光邦
製本所　株式会社大進堂

ISBN978-4-569-90099-5